俺《おれ》のマネースキルが爆《ばく》上《あ》げな件《けん》

作：ないとーえみ
絵：知己夕子

1

JTBパブリッシング

もくじ

01 出会《であ》いは借金《しゃっきん》100兆円《ちょうえん》!? 5
02 その名《な》は「みっくん」!? 11
03 「負《ふ》のオーラ」が!? 17
04 ヒナタすっ飛《と》ばす!? 23
05 やればできる子《こ》!? 29
06 つらいぜ小学生《しょうがくせい》!? 35
07 どうなる俺《おれ》の未来《みらい》!? 41
08 異次元《いじげん》の10万円《まんえん》!? 47
09 2人《ふたり》の天気《てんき》は雨《あめ》のち……!? 53
10 神様《かみさま》がドハマり!? 59
11 ラスボス登場《とうじょう》!? 65
12 幸《しあわ》せの3000円《えん》!? 71
13 これってぼったくり!? 77
14 繰《く》り返《かえ》す「ケーキ」!? 83

15 小遣《こづか》い大《だい》ピンチ!? 89
16 やっぱいいやつ!? 95
17 ちやほやの先《さき》に……!? 101
18 守護神現《しゅごしんあらわ》る!? 107
19 俺《おれ》の対戦相手《たいせんあいて》は!? 113
20 ぶっ込《こ》めばOK!? 119
21 悔《くや》しさの正体《しょうたい》は!? 125
22 どうしてこんな目《め》に!? 131
23 俺《おれ》んち、もしかして!? 137
24 みっくんチョイス!? 143
25 友達《ともだち》をバカにすんな!? 149
おまけまんが 俺《おれ》らの日常《にちじょう》も爆上《ばくあ》げな件《けん》!? 156

※物語《ものがたり》は架空《かくう》のものです。お金《かね》に関《かん》することは、必《かなら》ず保護者《ほごしゃ》と相談《そうだん》してください。

登《と》場《じょう》人《じん》物《ぶつ》

みっくん

ある日《ひ》ヒナタにとりつき、
お金《かね》との上手《じょうず》な付《つ》き合《あ》い方《かた》を教《おし》える貧乏神《びんぼうがみ》。
ヒナタと仲《なか》がいいマナのライバル（?）。

早宮《はやみや》ヒナタ

お金《かね》をムダ遣《づか》いしがちな小学《しょうがく》6年生《ねんせい》。
考《かんが》えるより先《さき》に体《からだ》が動《うご》くタイプ。
前《まえ》に空手《からて》を習《なら》っていた。サッカーが大好《だいす》き。

南大泉《みなみおおいずみ》マナ

ヒナタのクラスメート。
ヒナタが通《かよ》っていた空手道場《からてどうじょう》に今《いま》も通《かよ》う。
勉強《べんきょう》も運動《うんどう》も得意《とくい》。みっくんとケンカしがち。

01

出会《であ》いは借金《しゃっきん》100兆円《ちょうえん》!?

もしかして、俺《おれ》の人生終《じんせいお》わった？

だって目《め》の前《まえ》に「貧乏神《びんぼうがみ》」が……。

「ね？　友達《ともだち》になろうよ、ね？」

時代劇《じだいげき》に出《で》てきそうな白《しろ》い服《ふく》を着《き》て、可愛《かわい》い顔《かお》でぐいぐい迫《せま》る貧乏神《びんぼうがみ》。

……って何言《なにい》ってるか、よく分《わ》かんないよな？

うん、俺《おれ》も分《わ》からん。普通《ふつう》に頭《あたま》がバグる。……ってことで、ここまでの流《なが》れを整理《せいり》してみるぜ。

俺《おれ》の名前《なまえ》は早宮《はやみや》ヒナタ、小《しょう》6。

放課後《ほうかご》、クラスメートの家《いえ》で遊《あそ》んだ帰《かえ》りのことだ。人《ひと》けのない空《あ》き地沿《ちぞ》いの道《みち》で、ふと自《じ》販《はん》機《き》が目《め》に入《はい》った。で、何《なに》か買《か》おうとしたら……財布《さいふ》には30円《えん》だけ。俺《おれ》の小遣《こづか》いは毎月《まいつき》1000円《えん》で、先週《せんしゅう》もらったばっかなのに……減《へ》るの早《はや》すぎ‼　くそっ……と腹立《はらだ》ち紛《まぎ》れに、俺《おれ》は足《あし》もとの小石《こいし》を蹴《け》った。

すると小石《こいし》は、空《あ》き地《ち》の角《かど》の茂《しげ》みに飛《と》び込《こ》み、コツンと嫌《いや》な音《おと》。慌《あわ》てて茂《しげ》みをかき分《わ》け、中《なか》をのぞく俺《おれ》。

そこにあったのは、小《ちい》さな「ほこら」だった。神様《かみさま》とか祭《まつ》るやつな。

ぞっとしたね、俺《おれ》は。天罰《てんばつ》とか怖《こわ》くね？　だから速攻《そっこう》「なんまんだ～‼」って拝《おが》み倒《たお》した。そしたら突然《とつぜん》、煙《けむり》のように現《あらわ》れたのが……。

「ぼくを拝《おが》んでくれたのは君《きみ》？」

「あ、はい……」

パニくる俺《おれ》に「はじめまして。ぼく貧乏神《びんぼうがみ》」とド直球《ちょっきゅう》な自己紹介《じこしょうかい》。続《つづ》いて「ぼくね、初《はじ》めて人間《にんげん》に拝《おが》まれたんだ♥　ほら、貧乏神《びんぼうがみ》って嫌《きら》われるでしょ？」と満面《まんめん》の笑《え》み。そして「ね？　友達《ともだち》になろうよ、ね？」という最初《さいしょ》のセリフにつながるというわけだ。

要《よう》は、俺《おれ》の拝《おが》み倒《たお》し＝好意《こうい》と勘違《かんちが》いしたらしい。

お～整理《せいり》してみると、意外《いがい》にのみ込《こ》めるもんだな。

ちなみに、小石《こいし》を蹴《け》ってほこらに当《あ》てたのが、俺《おれ》って知《し》ってんのかどうかは不《ふ》明《めい》。けど友達希望《ともだちきぼう》ってことは、仮《かり》に知《し》ってても許《ゆる》してくれるみたい。

ま～天罰《てんばつ》くらうよりは……って、ダメ絶対《ぜったい》‼

貧乏神《びんぼうがみ》と友達《ともだち》なんて、俺《おれ》ますますお金《かね》なくなるじゃん‼

とはいえ……だ。

「人間《にんげん》と友達《ともだち》か～♥」と、すっかりその気《き》な貧乏神《びんぼうがみ》に何《なん》て言《い》う？　相手《あいて》は神《かみ》様《さま》だ。怒《おこ》らせると……って実際《じっさい》、俺《おれ》が黙《だま》ってると「嫌《いや》なの？」と貧乏神《びんぼうがみ》の表情《ひょうじょう》がゆがむ。

「……嫌《いや》ならいいよ。でも呪《のろ》うかな～100兆円《ちょうえん》くらい借金背負《しゃっきんせお》う～？」

どんだけの脅《おど》し⁉　俺《おれ》は慌《あわ》てて、でもそのとき、はたと気《き》づいたんだ。

「お……俺《おれ》は早宮《はやみや》ヒナタ、よろしくな。で、一《ひと》つ教《おし》えて。貧乏神《びんぼうがみ》って、人《ひと》が何《なに》をしたら貧乏《びんぼう》に――お金《かね》が失《うしな》われるか知《し》ってんだよな？」

「ある意味《いみ》、それが仕事《しごと》だもん」

「じゃあ、これから友達《ともだち》として、どうしたらお金《かね》が失《うしな》われないかを――つまり、お金《かね》との上手《じょうず》な付《つ》き合《あ》い方《かた》を、俺《おれ》に教《おし》えてくれないか？」

「そんなの喜《よろこ》んでだよ～!!」

貧乏神《びんぼうがみ》の顔《かお》に笑《え》みが戻《もど》る。

逆転《ぎゃくてん》の発想《はっそう》ってやつだ。

言《い》ってみれば、最近《さいきん》よく聞《き》く「金融教育《きんゆうきょういく》」みたいなもんか？　これなら貧乏《びんぼう》神《がみ》と友達《ともだち》でも悪《わる》くない。あ、もちろん「ちなみに……俺《おれ》を貧乏《びんぼう》にするのはなしでな？　友達《ともだち》だもんな？」と、くぎを刺《さ》すのは忘《わす》れない。貧乏神《びんぼうがみ》は「友達《ともだち》だもん!!　君《きみ》が望《のぞ》まないことは絶対《ぜったい》しないよ!!」と大《おお》げさに誓《ちか》ってみせる。

こうして、俺《おれ》と貧乏神《びんぼうがみ》の友情《ゆうじょう》（？）の日々《ひび》が始《はじ》まったんだけど……。

01

出会《であ》いは借金《しゃっきん》100兆円《ちょうえん》!?

ことば

金融教育《きんゆうきょういく》

お金《かね》にまつわる教育《きょういく》を「金融教育《きんゆうきょういく》」といいます。お金《かね》そのものや世《よ》の中《なか》でのお金《かね》の働《はたら》きを深《ふか》く理解《りかい》することで、自分《じぶん》らしく豊《ゆた》かな人生《じんせい》や、よりよい社会《しゃかい》のあり方《かた》を考《かんが》えられるようになることが目的《もくてき》です。単純《たんじゅん》な「お金《かね》もうけ」を教《おし》えるものではありません。この物語《ものがたり》を通《とお》して、みなさんの「マネースキル」が、ヒナタとともに「爆上《ばくあ》げ」になることを心《こころ》から願《ねが》います。

02
その名《な》は「みっくん」!?

「ねーねーヒナタ、貧乏神《びんぼうがみ》って呼《よ》びにくくない？　びんちゃん？　がみちゃん？

あ、みっくんはどう!?」

「お……おう」

ひょんなことから、貧乏神《びんぼうがみ》に友達認定《ともだちにんてい》された俺《おれ》。

あの後《あと》、貧乏神《びんぼうがみ》は俺《おれ》から離《はな》れない。家《いえ》までついてくる気満々《きまんまん》。なんなら一緒《いっしょ》に住《す》むつもりみたい。幸《さいわ》い、道路《どうろ》のカーブミラーを見《み》れば、映《うつ》ってるのは俺一人《おれひとり》。通《とお》りすがりの人《ひと》も気《き》にしてない。要《よう》は、俺以外《おれいがい》には見《み》えてない。

とはいえ……これから一緒《いっしょ》かよ。

不安《ふあん》だらけの俺《おれ》をよそに「ね～みっくんって呼《よ》んでよ」と貧乏神《びんぼうがみ》──みっくん

は新生活《しんせいかつ》に胸《むね》を膨《ふく》らませていた。

「……みっくん、よろしくな」

「こちらこそだよ、ヒナタ！」

と、そんなこんなで家《いえ》にたどり着《つ》いたのは、午後《ごご》6時《じ》。

うちは通《かよ》ってる小学校《しょうがっこう》の裏《うら》にあって、1階《かい》で文房具屋《ぶんぼうぐや》をやってる。住《す》んでんのは2階《かい》。家族《かぞく》は俺《おれ》と両親《りょうしん》の3人《にん》。ただ、父《とう》ちゃんは実家《じっか》のばあちゃんの介護《かいご》に行《い》くことが多《おお》くて、最近《さいきん》は母《かあ》ちゃんと2人《ふたり》が多《おお》い。

ちょうど店《みせ》のシャッターを下《お》ろしてた母《かあ》ちゃんに「ただいま」と声《こえ》をかけ、少《すこ》し手伝《てつだ》ってから、俺《おれ》は2階《かい》の自分《じぶん》の部屋《へや》へ。もちろん、みっくんもついてくる。

ちゃんと玄関《げんかん》でゲタを脱《ぬ》いで裸足《はだし》ってのが、ちょっと笑《わら》える。

「ふむふむ、この本《ほん》は……」

部屋《へや》を見回《みまわ》し、俺《おれ》の教科書《きょうかしょ》やノートを勝手《かって》に開《ひら》くみっくん。「ま～座《すわ》れよ」と、みっくんの肩《かた》をたたくと、人間《にんげん》と同《おな》じような、確《たし》かな手応《てごた》え。見《み》えない人《ひと》には全然見《ぜんぜんみ》えないのに、物体《ぶったい》としては存在《そんざい》してるらしい。

「ね～ヒナタの収入《しゅうにゅう》と支出《ししゅつ》は？」

不意《ふい》に、みっくんが首《くび》をかしげた。

……はい？　シューニュート・シシュツ？

サッカー選手《せんしゅ》の名前《なまえ》か？

ぽかんとする俺《おれ》に「今《いま》、部屋《へや》をいろいろ見《み》たけど、収入《しゅうにゅう》と支出《ししゅつ》の分《わ》かるものがないんだよね。あ！　最近《さいきん》の子《こ》はスマホに記録《きろく》してるの？」と、みっくん。

「……ていうか、何《なに》それ？」

「あ～そこからか～。あのね、収入《しゅうにゅう》は入《はい》ってきたお金《かね》、支出《ししゅつ》は出《で》ていった――使《つか》ったお金《かね》のことの、硬《かた》い表現《ひょうげん》だよ。ほら、ぼくはみっくんだけど、硬《かた》く言《い》うと貧乏神《びんぼうがみ》……みたいな？」

最後《さいご》の方《ほう》はともかく、意味《いみ》は分《わ》かった。確《たし》かに、そんなの記録《きろく》してない。

「でも、頭《あたま》の中《なか》にぼんやりとはあるぜ？　ていうか、それがどうし……」

「ヒナタはね、お金《かね》との上手《じょうず》な付《つ》き合《あ》い方《かた》を知《し》りたいんじゃないの？」

「お、おう……」

「試《ため》しに聞《き》くけど、今月《こんげつ》、何《なに》にどれだけ使《つか》ったか今言《いまい》える？」

「いやいや、そんなの無理《むり》だろ⁉」

「自分《じぶん》のお金《かね》の動《うご》きが分《わ》かんないで、どうやって上手《じょうず》に付《つ》き合《あ》うの？」

言《い》われて、俺《おれ》ははっとする。

例《たと》えば、みっくんと出会《であ》うきっかけになった今月《こんげつ》の小遣《こづか》い。先週《せんしゅう》1000円《えん》もらったばっかなのに、今《いま》は30円《えん》ってやつな。お菓子《かし》とか買《か》った記憶《きおく》はあるが、なんで30円《えん》になったのか……理由《りゆう》が分《わ》かんなきゃ上手《じょうず》も何《なに》もない。

さすが神様《かみさま》。

尊敬《そんけい》のまなざしを向《む》ける俺《おれ》に「ぼくと友達《ともだち》になってよかった？」と、みっくんは得意《とくい》げに胸《むね》を張《は》ってみせる。

ちょっとめんどくせーけど……こいつ、ただ者《もの》じゃねーかもな。

02

その名《な》は「みっくん」!?

ことば

収入《しゅうにゅう》と支出《ししゅつ》

入《はい》ってくるお金《かね》を「収入《しゅうにゅう》」、出《で》て行《い》った（使《つか》った）お金《かね》を「支出《ししゅつ》」といいます。二《ふた》つを合《あ》わせて「収支《しゅうし》」といい、お金《かね》のことを考《かんが》える上《うえ》で、このバランスがとても大切《たいせつ》になります。支出《ししゅつ》が収入《しゅうにゅう》を上回《うわまわ》ると「赤字《あかじ》」です。お金《かね》が足《た》りない状態《じょうたい》です。そうならないために、家計簿《かけいぼ》などの記録《きろく》をつけ、自分《じぶん》の収入《しゅうにゅう》と支出《ししゅつ》がどれだけあるかを、きちんと把握《はあく》しましょう。

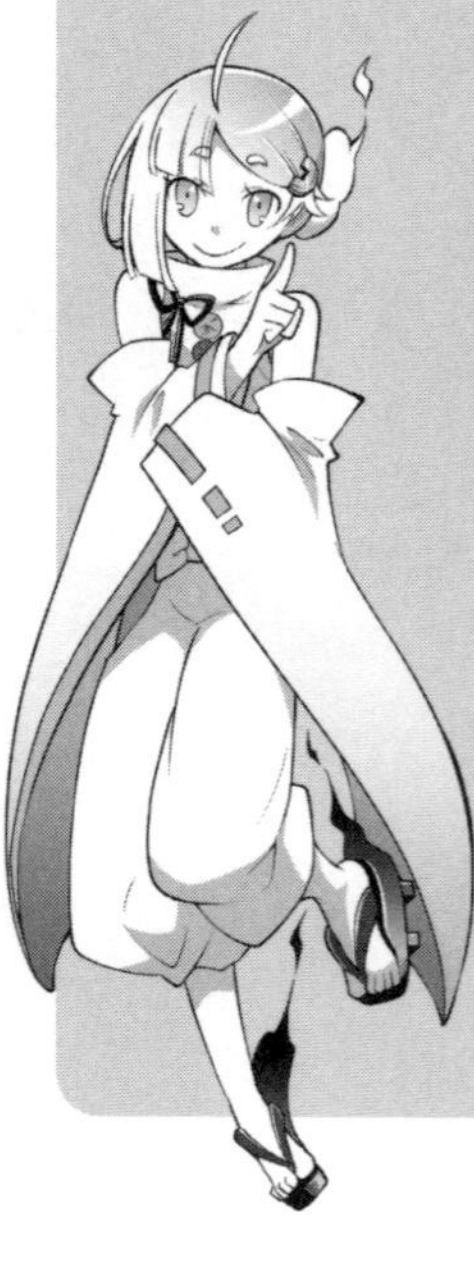

03

「負《ふ》のオーラ」が!?

「ヒナタ、独《ひと》り言多《ごとおお》くね？」

教室《きょうしつ》でクラスメートに声《こえ》をかけられ、俺《おれ》は「そっか？」と笑《わら》って流《なが》す。

もちろん独《ひと》り言《ごと》じゃない。みっくんが、学校《がっこう》までついてきてるせいだ。

休《やす》み時間《じかん》の今《いま》も、俺《おれ》らは会話中《かいわちゅう》。

「やべーな、俺《おれ》の収入《しゅうにゅう》と支出《ししゅつ》」

前回《ぜんかい》、みっくんに指摘《してき》され、とりあえず覚《おぼ》えてるだけでも……と直近《ちょっきん》の収入《しゅうにゅう》と支出《ししゅつ》をノートに書《か》いてみて、まじびびった。

お菓子《かし》やジュースの買《か》い食《ぐ》いで、小遣《こづか》いがほぼ消《き》えていた。

「ヒナタはムダ遣《づか》いの天才《てんさい》だね♥」

「そんな才能《さいのう》いらんわ!!」

「じゃあ、ニーズとウォンツを学《まな》ぶ?」と、みっくん。「ニーズは『必要《ひつよう》なもの』の意味《いみ》で、ウォンツは『欲《ほ》しいもの』の意味《いみ》ね。お金《かね》には限《かぎ》りがあるから、使《つか》うときは必要《ひつよう》なものか、ただ欲《ほ》しいだけのものか、よく考《かんが》えないとってこと♥」

いや、そりゃそうだけど……いまいち、ぴんとこない俺《おれ》。

そのときだった。

「ヒナタ、放課後《ほうかご》いい? かなりやばい話《はなし》だから、体育館裏《たいいくかんうら》に来《き》て」

南大泉《みなみおおいずみ》マナに、話《はな》しかけられた。

マナは勉強《べんきょう》でも何《なん》でも得意《とくい》で、なんなら空手《からて》黒帯《くろおび》の最強《さいきょう》で、クラスで一番《いちばん》頼《たよ》りになる存在《そんざい》だ。んで、俺《おれ》、前《まえ》に同《おな》じ空手《からて》道場《どうじょう》に通《かよ》ってたから、仲良《なかよ》しなんだけど……そのマナの「かなりやばい話《はなし》」だ。ただごとじゃない。

で、放課後《ほうかご》、体育館裏《たいいくかんうら》に行《い》くと……。

「ヒナタ!! 悪霊《あくりょう》がついてる!!」

拳《こぶし》を握《にぎ》り、戦闘態勢《せんとうたいせい》のマナ。

「私《わたし》、霊感強《れいかんつよ》いから見《み》えるんだ。白《しろ》い服《ふく》で可愛《かわい》い顔《かお》の、でも負《ふ》のオーラがゴリゴリのやつ‼　私《わたし》が今《いま》、倒《たお》してあげるから‼」

……みっくんが見《み》えてるらしい。

確《たし》かに「かなりやばい話《はなし》」ではある。

俺《おれ》は慌《あわ》てて「みっくんは貧乏神《びんぼうがみ》だけど……」と説明《せつめい》しようとするも、横《よこ》からみっくんが「失礼《しつれい》だな～呪《のろ》うよ？」と唇《くちびる》をゆがめ、まさかの宣戦布告《せんせんふこく》。

「マナは俺《おれ》の友達《ともだち》‼　だから呪《のろ》うな‼　で、マナも拳《こぶし》を下《お》ろせ‼　みっくんは俺《おれ》の友達《ともだち》で、お金《かね》との上手《じょうず》な付《つ》き合《あ》い方《かた》を教《おし》えてくれてんだ‼」

「それ、だまされてるよ‼」

「だまされてねー‼　今《いま》だってニーズとウォンツってのを……」

言《い》いかけて、でもまだ俺自身《おれじしん》がよく理解《りかい》してないことに気《き》づく。

とはいえ今黙《いまだま》ったら、まじでバトル勃発《ぼっぱつ》だ。

俺《おれ》は思《おも》いつくまま話《はな》してみる。

「要《よう》は優先順位《ゆうせんじゅんい》だ……たぶん。お金《かね》は無限《むげん》じゃないから、必要《ひつよう》なものか、ただ欲《ほ》しいだけのものかを考《かんが》えて使《つか》えって話《はなし》な。ま～時間《じかん》と一緒《いっしょ》だ。マナだって空手《からて》やりたい、何《なに》やりたいって全部《ぜんぶ》やってたら、時間《じかん》なくなるだろ？」

話《はな》しながら思《おも》い出《だ》したんだ。前《まえ》にマナが「やりたいことが多《おお》すぎて、1日《にち》24時間《じかん》じゃ無理《むり》!!」って言《い》ってたのを。何《なん》でもできるマナらしい悩《なや》みだけど、ある意味《いみ》お金《かね》に似《に》てる。俺自身《おれじしん》、自分《じぶん》で話《はな》してて妙《みょう》に納得《なっとく》しちゃったもん。

で、そんな俺《おれ》にマナは「ヒナタが……まともなこと言《い》ってる」と驚《おどろ》きの表情《ひょうじょう》。この際《さい》、超失礼《ちょうしつれい》なのはスルーしよう。信《しん》じる気《き》になったのか、拳《こぶし》が緩《ゆる》む。みっくんはというと「ヒナタ大正解《だいせいかい》！」と自分《じぶん》の手柄《てがら》のように喜《よろこ》ぶ。

どうやら、この場《ば》は収《おさ》まったらしい。

俺《おれ》はすかさず「……ってことだから、おまえらもうケンカすんなよな」と強引《ごういん》に、二人《ふたり》を丸《まる》め込《こ》んだ。

ことば

ニーズとウォンツ

必要《ひつよう》なものを「ニーズ（needs）」、欲《ほ》しいものを「ウォンツ（wants）」といいます。お金《かね》は有限《ゆうげん》です。お金《かね》を使《つか》うときは「ニーズ」を優先《ゆうせん》し、「ウォンツ」は余裕《よゆう》があるときに回《まわ》すのがよいといわれます。ただし、モノやサービスに対《たい》する見方《みかた》は人《ひと》それぞれです。それが「ニーズ」なのか「ウォンツ」なのかは、人《ひと》によって異《こと》なります。自分《じぶん》の現在《げんざい》や未来《みらい》、価値観《かちかん》などを踏《ふ》まえ、よく考《かんが》えましょう。

04 ヒナタすっ飛《と》ばす!?

せっかくの昼休《ひるやす》みなのに……。

「言《い》っとくけど、あんたを認《みと》めたわけじゃないからね!!」

「認《みと》めてって、ぼく言《い》った?」

……うるせーな、こいつら。

前回《ぜんかい》、みっくんとマナの戦《たたか》いは俺《おれ》の機転《きてん》(?)で、なんとか回避《かいひ》された。

けど、二人《ふたり》の仲《なか》はと言《い》えば……ご覧《らん》の通《とお》り。あたり構《かま》わずバチバチ。みっくんは俺《おれ》&マナ以外《いがい》には見《み》えないもんだから「マナちゃん……一人《ひとり》で怒《おこ》ってどうしたんだろ?」ってクラスメートが、ひそひそうわさするくらいだ。

「ほんと口《くち》の減《へ》らない貧乏神《びんぼうがみ》!!」

「代《か》わりに君《きみ》のお金《かね》減《へ》らす？　1000兆円《ちょうえん》くらい借金《しゃっきん》背負《せお》って、ね？」

にやにや笑《わら》う、みっくん。

どんだけマナのことが嫌《きら》いなんだ……と、あきれた、そのときだ。

みっくんの言葉《ことば》で、俺《おれ》は気《き》づいてしまったんだ。借金《しゃっきん》って「手段《しゅだん》」に。

ほら、俺《おれ》って今月《こんげつ》の小遣《こづか》い、先週《せんしゅう》もらったばっかなのに、もう30円《えん》しかないだろ？　んで、みっくんにいろいろ教《おし》えてもらってるけど、今《いま》すぐお金《かね》が増《ふ》えるわけじゃない。あと数週間《すうしゅうかん》30円《えん》で我慢《がまん》……なんて、まじ苦痛《くつう》。

そこで、だ。

普通《ふつう》に、父《とう》ちゃんか母《かあ》ちゃんに借《か》りればよくね？　それこそ何兆円《なんちょうえん》とかいう、とんでもない額《がく》じゃないいんだ。小遣《こづか》いの足《た》りない分《ぶん》くらいなら……ね？

……お金《かね》って、けっこうチョロい。

というわけで俺《おれ》は「そういえばさっき、隣《となり》のクラスのやつがマナ呼《よ》んでたぜ」とマナをその場《ば》から遠《とお》ざけ、二人《ふたり》の争《あらそ》いを終《お》わらせる。そしてみっくんに「小遣《こづか》いの足《た》りない分《ぶん》、親《おや》に借《か》りるってありじゃね？」と聞《き》いてみた。

「お金《かね》を借《か》りるのは、べつに悪《わる》いことじゃないよ♥」

「だよな!!　なら早速《さっそく》……」

「でも返《かえ》すあてはあるの？」

「それは……」

俺《おれ》、大事《だいじ》なことをすっ飛《と》ばしてた。

借《か》りたら返《かえ》さなきゃだ。

「お金《かね》を借《か》りるときは、まず返《かえ》すあてを考《かんが》えてね。あとは目的《もくてき》も大切《たいせつ》かな～？夢《ゆめ》や希望《きぼう》につながるものならともかく、ムダ遣《づか》いの穴埋《あなう》めというのは……自分《じぶん》でも分《わ》かってるんじゃない？　その先《さき》に何《なに》が待《ま》ってるのか……」

みっくんの唇《くちびる》が、にやりとゆがむ。

確《たし》かに、簡単《かんたん》に未来《みらい》が見通《みとお》せる。

例《たと》えば今日《きょう》500円《えんか》借りるとして、俺《おれ》の小遣《こづか》いは毎月《まいつき》1000円《えん》だから、来《らい》月分《げつぶん》から返《かえ》したら手元《てもと》に残《のこ》るのは500円《えん》。つまり来月《らいげつ》は500円《えん》スタート。で、今《いま》のままだと、きっと足《た》りなくなる。すると、また借《か》りて……。

借金《しゃっきん》フォーエバー。

「ま～今《いま》はまだ子《こ》どもで、借《か》りる相手《あいて》も親《おや》だからいいとして、この調子《ちょうし》でいったら将来《しょうらい》どうなると思《おも》う？」

「いや、そのときはちゃんと……」

「今《いま》ちゃんとできないと、将来《しょうらい》もちゃんとできないよね～♥」

……何《なん》も言《い》えねー。

現実《げんじつ》を突《つ》きつけられ、俺《おれ》のライフはもはやゼロ。

そこへ「誰《だれ》も私《わたし》を呼《よ》んでなかったよ⁉」とマナが戻《もど》ってくる。へろへろの俺《おれ》を見《み》つけて「ちょ……貧乏神《びんぼうがみ》に何《なん》かされた⁉」と騒《さわ》ぎ出《だ》すが、俺《おれ》は「いや……俺《おれ》が悪《わる》いんだ」と小《ちい》さく首《くび》を横《よこ》に振《ふ》るしかなかった。

お金《かね》って、全然《ぜんぜん》チョロくねー‼

04

ヒナタすっ飛《と》ばす!?

ことば

借金《しゃっきん》

家《いえ》や車《くるま》を買《か》うときなど、人生《じんせい》でお金《かね》を借《か》りる場面《ばめん》は少《すく》なくありません。ただし借《か》りたものは返《かえ》さなければなりません。借金《しゃっきん》は将来《しょうらい》の収入《しゅうにゅう》の先取《さきど》りです。返《かえ》せる見込《みこ》みのない借金《しゃっきん》は危険《きけん》です。ムダ遣《づか》いの穴埋《あなう》めなどは控《ひか》えましょう。またお金《かね》を借《か》りると、一般的《いっぱんてき》に「利子《りし》」を上乗《うわの》せして返《かえ》す必要《ひつよう》があります（利子《りし》については9話《わ》で説明《せつめい》します）。お金《かね》を借《か》りる際《さい》は、よく考《かんが》えてください。

05

やればできる子《こ》!?

……俺《おれ》、ついにやったんだ。

ほぼ1か月《げつ》、30円《えん》で乗《の》り切《き》った!!

小遣《こづか》い1000円《えん》を速攻《そっこう》でムダ遣《づか》いして、残《のこ》り30円《えん》だけだったのは、みんな覚《おぼ》えてるよな?

我慢《がまん》の日々《ひび》を乗《の》り越《こ》え、やっと今日《きょう》、今月《こんげつ》の小遣《こづか》いの日《ひ》を迎《むか》えたんだ。

さあ、この1000円《えん》どう使《つか》おう?

母《かあ》ちゃんにお金《かね》をもらうやいなや、ショッピングセンターに走《はし》った俺《おれ》。

あれは新《あたら》しい「パケモン」のカード!?「柔術大戦《じゅうじゅつたいせん》」の新刊《しんかん》もある!!

売《う》り場《ば》を前《まえ》に、にやにやが止《と》まんない。

けど、背中《せなか》には、いや〜な視線《しせん》。

振《ふ》り返《かえ》れば、みっくんの冷《ひ》ややかな笑《え》みがあった。こんなときのみっくんは、だいたいこっちの出方《でかた》を試《ため》してる。

「……収入《しゅうにゅう》と支出《ししゅつ》を記録《きろく》する、使《つか》うときはニーズとウォンツを区別《くべつ》して優先《ゆうせん》順位《じゅんい》を確認《かくにん》、親《おや》に借金《しゃっきん》なんてことにならないようにする……だよな？」

みっくんに教《おし》えてもらったことを、一《ひと》つ一《ひと》つ口《くち》にする。これなら文句《もんく》ないはず……と思《おも》いきや、そこでみっくんが放《はな》ったのは意外《いがい》な一言《ひとこと》だった。

「貯金《ちょきん》はどうするの？」

そんなの、余《あま》ったらの話《はなし》じゃね？

「まさか、余《あま》ったら貯金《ちょきん》に回《まわ》すとか考《かんが》えてる？」

心《こころ》を読《よ》まれた⁉　俺《おれ》は焦《あせ》りつつ「いや、まさかも何《なに》も、余《あま》んなきゃ、ためられないぜ？」と言《い》い返《かえ》した。

「最初《さいしょ》に貯金分《ちょきんぶん》を引《ひ》いておけば？」

「使《つか》えるお金《かね》が減《へ》るじゃん!!」

「でも貯金《ちょきん》がないと、いざというとき困《こま》るよ？　30円《えん》で我慢《がまん》してた昨日《きのう》までを思《おも》い出《だ》して。もし貯金《ちょきん》があったら、少《すこ》しは楽《らく》だったんじゃない？」

少《すこ》しどころの騒《さわ》ぎじゃねー。

貯金《ちょきん》が500円《えん》あったとして、100円《えん》でも取《と》り崩《くず》して使《つか》えてれば……。

「それにね、いつもより大《おお》きな買《か》い物《もの》をするときにも貯金《ちょきん》は必要《ひつよう》だよ」

ちょうどゲームのコーナーが近《ちか》くにあった。「NINNINDO《ニンニンドウ》シュワッチ」のソフトがずらり。本体《ほんたい》は去年《きょねん》、誕生日《たんじょうび》プレゼントで買《か》ってもらった。ソフトも一《ひと》つ一緒《いっしょ》だった。けど、その後《ご》ソフトは増《ふ》えてない。お年玉《としだま》ってビッグイベントがあったのに、それはそれで別《べつ》のものに……。そのお年玉《としだま》だって、いくらか貯金《ちょきん》してたら今《いま》ごろは……って、思《おも》い出《だ》すと後悔《こうかい》ハンパない。

「貯金《ちょきん》って、言《い》ってみれば未来《みらい》の自分《じぶん》への贈《おく》り物《もの》なんだよ♥」

「……分《わ》かった。貯金《ちょきん》する」

俺《おれ》は言《い》い切《き》った。これまでの痛《いた》い経験《けいけん》の数々《かずかず》が、俺《おれ》の背中《せなか》を押《お》したんだ。

けど、その後《ご》、ちょっと口《くち》ごもる。

貯金《ちょきん》すると決《き》まったら、残《のこ》るは毎月《まいつき》の貯金額《ちょきんがく》だけど、1000円《えん》のうち800円《えん》……なんてのは無理《むり》ゲー。500円《えん》だと、たぶん続《つづ》かなくて……。

「……月《つき》100円《えん》でもいい？」

おずおずと切《き》り出《だ》す俺《おれ》。でもみっくんは「もちろん！」と全肯定《ぜんこうてい》。しかも「大事《だいじ》なのは始《はじ》めることだよ。30円《えん》で我慢《がまん》し続《つづ》けられたヒナタだもん。やればできるよ」という励《はげ》ましまで続《つづ》く。

……やればできる子《こ》と言《い》われ続《つづ》けて11年《ねん》。こういうのに弱《よわ》いんだ、俺《おれ》。

「お〜任《まか》せとけ‼」

俺《おれ》は速攻《そっこう》で駆《か》けだした。ここにいたら絶対《ぜったい》、貯金分《ちょきんぶん》まで使《つか》い込《こ》む。

くっ……負《ま》けるな俺《おれ》‼　「パケモン」も「柔術大戦《じゅうじゅつたいせん》」も何《なに》もかも振《ふ》り切《き》って、俺《おれ》はショッピングセンターを後《あと》にした。

05

やればできる子《こ》!?

ことば

貯金《ちょきん》

お金《かね》をためておくことを貯金《ちょきん》といいます。「貯蓄《ちょちく》」と呼《よ》ばれることもあります。未来《みらい》は誰《だれ》にも分《わ》かりません。いつ必要《ひつよう》になってもいいように、一定額《いっていがく》のお金《かね》をためておくことが大切《たいせつ》です。物語《ものがたり》のように、収入《しゅうにゅう》の余《あま》った分《ぶん》ではなく、収入《しゅうにゅう》の中《なか》から可能《かのう》な範囲《はんい》でためる額《がく》を先《さき》に決《き》めて習慣《しゅうかん》づけることが、お金《かね》をためる近道《ちかみち》といわれます。目標金額《もくひょうきんがく》を立《た》てておくと、より意欲《いよく》がわきます。

06

つらいぜ小学生《しょうがくせい》!?

大人《おとな》って、うるさくね？

いつも命令《めいれい》ばっか。で、すぐ怒《おこ》る。

今《いま》だってそうだ。

部屋《へや》でずっとゲームしてたら、母《かあ》ちゃんに「お風呂《ふろ》に入《はい》りなさい!!」って、しかられたんだ。

今日《きょう》は学校《がっこう》から帰《かえ》って、久《ひさ》しぶりに「NINNINDO《ニンニンドウ》シュワッチ」で遊《あそ》んでたら、妙《みょう》にテンション爆上《ばくあ》がり。宿題《しゅくだい》そっちのけ&夕飯《ゆうはん》もそこそこに、ガチでやり込《こ》んでたら、いよいよボス戦《せん》に突入《とつにゅう》……なのに、このタイミングで風呂《ふろ》って、ありえなくね？

でも結局《けっきょく》、母《かあ》ちゃんの圧《あっ》に負《ま》けて風呂《ふろ》に直行《ちょっこう》の俺《おれ》。

小学生《しょうがくせい》はつらいぜ。

「あ〜俺《おれ》も早《はや》く大人《おとな》になりて〜」

そしたらきっと、大人《おとな》に何《なに》も言《い》われなくてすむのに……って湯船《ゆぶね》の中《なか》で文句《もんく》を言《い》ってたら「焦《あせ》らなくても、ヒナタはもうすぐ大人《おとな》だよ♥」と、みっくんになだめられた。

みっくんは風呂《ふろ》に入《はい》んないくせに、なぜか風呂場《ふろば》までついてくる。最初《さいしょ》こそ俺《おれ》だけ素《す》っ裸《ぱだか》ってのに抵抗感《ていこうかん》があったけど、ま〜相手《あいて》は貧乏神《びんぼうがみ》とはいえ神様《かみさま》だし、今《いま》はもうすっかり慣《な》れて……って、大事《だいじ》なのはそっちじゃない‼

「……俺《おれ》がもうすぐ大人《おとな》？」

意味《いみ》がのみ込《こ》めない俺《おれ》に「だって折《お》り返《かえ》し地点《ちてん》は過《す》ぎてるよね？」と、みっくん。「今小6《いましょう》で11歳《さい》でしょ？　18歳《さい》で成人《せいじん》だから……あと7年《ねん》だね」

18歳《さい》で成人《せいじん》ってのは知《し》ってる。けど、生《う》まれて過《す》ごしてきた時間《じかん》より、大人《おとな》になるまでに残《のこ》された時間《じかん》の方《ほう》が少《すく》ないって現実《げんじつ》は……けっこうびびる。

「ヒナタはあと7年《ねん》で大人《おとな》の自由《じゆう》を手《て》に入《い》れ、大人《おとな》の責任《せきにん》を負《お》うんだよ」

「いやいやいや、自由《じゆう》は分《わ》かるけど……責任《せきにん》って大《おお》げさじゃね？」

「そう？　ゲームのことでいえば、大人《おとな》は自由《じゆう》にゲームで遊《あそ》べるけど、ゲームを買《か》うお金《かね》は自分《じぶん》で稼《かせ》ぐ。もちろん稼《かせ》いだお金《かね》は、ゲームに全部《ぜんぶ》つぎ込《こ》んでいい。自由《じゆう》だよ。けど、それで生活《せいかつ》が壊《こわ》れたら、その責任《せきにん》は……ね？」

みっくんはいつもの、笑顔《えがお》なのに笑《わら》ってない目《め》で俺《おれ》に迫《せま》る。

風呂《ふろ》で温《あたた》まってるはずなのに、背筋《せすじ》が冷《つめ》たい。

俺《おれ》……大人《おとな》になるの嫌《いや》かも。

びくつく俺《おれ》に「大丈夫《だいじょうぶ》♥　そのために今《いま》があるんだから」と、みっくん。浴《よく》槽《そう》のはしっこに、ちょこんと座《すわ》る。

「子《こ》ども時代《じだい》は、そんな大人《おとな》になるための短《みじか》い予習《よしゅう》の期間《きかん》みたいなもので、だから大人《おとな》は、いろいろ子《こ》どもに口《くち》うるさく言《い》うんじゃないかな？」

そう言《い》われてみれば、なんか大人《おとな》への見方《みかた》も変《か》わってくる。うるさいはうるさいけど、仕方《しかた》ないって感《かん》じ……って、俺《おれ》はそこで引《ひ》っかかりを覚《おぼ》える。

「……予習《よしゅう》？　予習《よしゅう》……やばい‼」

ゲームざんまいでそっちのけにしてた宿題《しゅくだい》は、国語《こくご》の予習《よしゅう》だった。

もちろん全然《ぜんぜん》終《お》わってない。慌《あわ》てて風呂《ふろ》から上《あ》がり、時計《とけい》を見《み》ればもう午後《ご》10時《じ》。普通《ふつう》に、そろそろ眠《ねむ》たい。

……どうする？　忘《わす》れたことにして、やらない？

迷《まよ》う俺《おれ》に、隣《となり》からいや～な視線《しせん》。みっくんは「大人《おとな》は忘《わす》れたではすまないよ～。だから今《いま》のうちにしっかり『予習《よしゅう》』しておかないとね～」とにっこり。「例《たと》えば、お金《かね》の支払《しはら》いなんて忘《わす》れたら、その先《さき》には……」

「わ……分《わ》かってるって‼　やるよ、やればいいんだろ‼」

みっくんを押《お》しのけ、俺《おれ》はタオル一枚《いちまい》、腰《こし》に巻《ま》いた姿《すがた》で机《つくえ》に向《む》かった。

06

つらいぜ小学生《しょうがくせい》!?

ことば

成人年齢《せいじんねんれい》

日本《にっぽん》では明治時代《めいじじだい》から約《やく》140年《ねん》にわたり、20歳《さい》を成人年齢《せいじんねんれい》としてきました。しかし2022年《ねん》4月《がつ》から、成人年齢《せいじんねんれい》が18歳《さい》に引《ひ》き下《さ》げられました。成人《せいじん》すると保護者《ほごしゃ》の許《ゆる》しがなくても、例《たと》えば携帯電話《けいたいでんわ》の契約《けいやく》など、お金《かね》が関係《かんけい》する契約《けいやく》を自由《じゆう》に結《むす》べるようになります。それは一方《いっぽう》で責任《せきにん》を負《お》うということです。「大人《おとな》」になる前《まえ》にしっかり「予習《よしゅう》」をしてください。

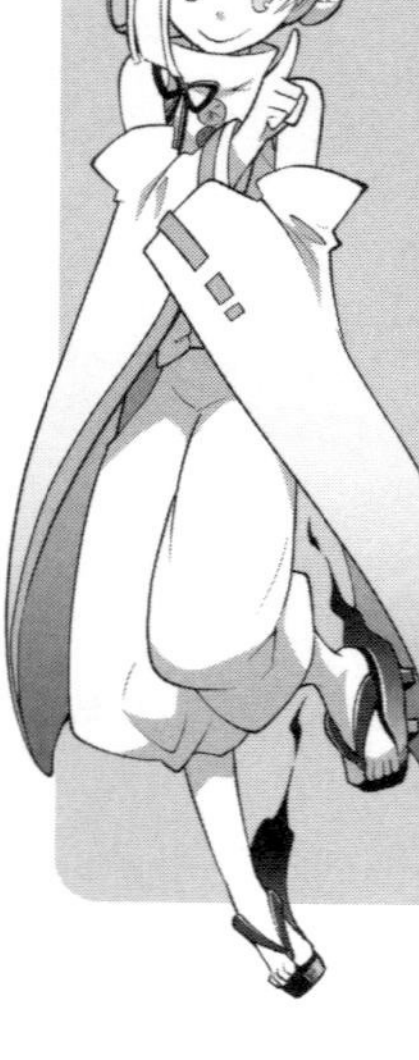

07

どうなる俺《おれ》の未来《みらい》!?

今朝《けさ》、マナが全校朝会《ぜんこうちょうかい》で表彰《ひょうしょう》された。

空手《からて》の大会《たいかい》で優勝《ゆうしょう》したんだ。

やっぱすげーと複雑《ふくざつ》な思《おも》いで見《み》てたら、その日《ひ》の宿題《しゅくだい》は、まさかの「将来《しょうらい》の夢《ゆめ》」ってタイトルの作文《さくぶん》だった。

みんな……絶対《ぜったい》に笑《わら》うなよ。

実《じつ》は俺《おれ》、昔《むかし》「人類最強《じんるいさいきょう》になる‼」って本気《ほんき》で夢見《ゆめみ》てたんだ。

ほら、前《まえ》にマナと同《おな》じ空手道場《からてどうじょう》に通《かよ》ってたって言《い》ったろ？　俺《おれ》の方《ほう》がマナより早《はや》く入門《にゅうもん》して、そこそこ強《つよ》かったんだぜ？

でも、マナに速攻《そっこう》で抜《ぬ》かれた。正直《しょうじき》、あいつこそ人類最強《じんるいさいきょう》かもしれん。

というわけで夢破《ゆめやぶ》れて……俺《おれ》、将来何《しょうらいなに》したいんだろ？

結局《けっきょく》、なんだかんだで家《いえ》の文房具屋《ぶんぼうぐや》を継《つ》ぐのかな？

家《いえ》に帰《かえ》って、ふとそんなこんなを、みっくんに相談《そうだん》したら「要《よう》するに、あの子《こ》はヒナタの敵《てき》だね？　呪《のろ》ってくる？」と、うきうき笑顔《えがお》。自分《じぶん》がマナと仲《なか》が悪《わる》いからって、どんな解釈《かいしゃく》だ⁉　俺《おれ》は慌《あわ》てて「前《まえ》にケンカすんなって言《い》ったろ⁉」と、みっくんを止《と》める。

相談《そうだん》する相手《あいて》を間違《まちが》えた……と肩《かた》を落《お》とす俺《おれ》に、でもみっくんは「ま～夢《ゆめ》は自分《じぶん》で見《み》つけないとね。ただ……」と、ちょっと首《くび》をかしげてみせた。「夢《ゆめ》への準備《じゅんび》は必要《ひつよう》だよ」

「ライフプランニングっていうやつね。どんな人生《じんせい》を送《おく》りたいか考《かんが》えることだよ。で、いつどこで、どれくらいお金《かね》が必要《ひつよう》かを計算《けいさん》して、きちんとお金《かね》を準備《じゅんび》しておこうって話《はなし》。難《むずか》しくいうと資産形成《しさんけいせい》をしようねってこと」

「それって将来《しょうらい》、大学《だいがく》に行《い》くときお金《かね》がかかるとか？」

「そうそう。その先《さき》にも家族《かぞく》を持《も》つ持《も》たないとか、いろいろあるよね？」

みっくんがうなずく。

ただ俺的《おれてき》には前回《ぜんかい》、意外《いがい》に早《はや》く大人《おとな》になるって教《おし》えてもらったとはいえ、そんな先《さき》のことまで考《かんが》えるのは、さすがに……と、いまいちうなずけない。すると「身近《みぢか》なところから、始《はじ》めてみてもいいんじゃない？」と、みっくんが続《つづ》けた。

「例《たと》えば誰《だれ》かの誕生日《たんじょうび》のプレゼント代《だい》を、事前《じぜん》に準備《じゅんび》しておくとかね」

お〜それなら今《いま》の俺《おれ》でもできる。「そういえば確《たし》か、マナの誕生日《たんじょうび》がそろそろ……」と思《おも》い出《だ》すと、たちまち「あ？」と、みっくんの表情《ひょうじょう》が曇《くも》る。

「やっぱ、今《いま》すぐ呪《のろ》ってくる‼」

「やめろって‼　何度《なんど》も言《い》うけどマナは俺《おれ》の友達《ともだち》だぞ‼」

「じゃあ、ぼくは？　ぼく、ヒナタと友達《ともだち》になって、もうすぐ1か月《げつ》だよ？

あの子《こ》の誕生日《たんじょうび》をお祝《いわ》いするなら、ぼくとの記念日《きねんび》もお祝《いわ》いして‼」

友達《ともだち》1か月記念《げっきねん》って何《なん》だよ⁉

ていうか神様《かみさま》が小《しょう》6女子《じょし》と張《は》り合《あ》うな‼

あきれる俺《おれ》に、みっくんは「出会《であ》ったとき、初《はじ》めて人間《にんげん》に拝《おが》まれて、すごくうれしかったんだよ」と、ぽつり。

「人間《にんげん》と友達《ともだち》になれるなんて、思《おも》ってもみなかったから……」

悲《かな》しげなみっくん。演技《えんぎ》にしては真《しん》に迫《せま》ってて、ちょっと胸《むね》が痛《いた》む。

あ〜もう面倒《めんどう》くさい‼　日《ひ》ごろの授業料《じゅぎょうりょう》と思《おも》って、ここは我慢《がまん》するしかない。

「みっくんとの記念日《きねんび》も何《なん》かするよ」と渋々約束《しぶしぶやくそく》すると、すかさず「ヒナタ大好《だいす》き‼」と俺《おれ》に抱《だ》きつく、みっくん。

ていうか、話《はなし》はもともと、俺《おれ》の将来《しょうらい》の夢《ゆめ》だったはずなのに……。

ライフプランニングで将来《しょうらい》を考《かんが》える以前《いぜん》に、今《いま》この瞬間《しゅんかん》すらままならない、こんな俺《おれ》の……未来《みらい》はどうなる⁉

ことば

ライフプランニング

どんな人生《じんせい》を送《おく》りたいか考《かんが》えることを、ライフプランニングといいます。「何歳《なんさい》ごろに○○したい」など時間《じかん》に沿《そ》って思《おも》い描《えが》くと、より具体的《ぐたいてき》になります。そしてどんな人生《じんせい》であっても、必《かなら》ずお金《かね》は必要《ひつよう》になります。そこで、お金《かね》をきちんと準備《じゅんび》するのが「資産形成《しさんけいせい》」です。この際《さい》、大切《たいせつ》なのは、こつこつと積《つ》み重《かさ》ねていくことといわれます。5話《わ》で紹介《しょうかい》した貯金《ちょきん》（貯蓄《ちょちく》）は資産《しさん》形成《けいせい》の一《ひと》つです。

08
異《い》次《じ》元《げん》の10万《まん》円《えん》!?

みんな知《し》っての通《とお》り、俺《おれ》の家《いえ》は、通《かよ》ってる小学校《しょうがっこう》の裏《うら》にある文房具屋《ぶんぼうぐや》だ。当《とう》然《ぜん》、朝《あさ》はギリギリまで寝《ね》てられる。

で、遅刻寸前《ちこくすんぜん》になって大慌《おおあわ》てだ。

その日《ひ》も、いつもの調子《ちょうし》でバタバタしてたら……部屋《へや》ですっ転《ころ》び、まさかの頭《あたま》から本棚《ほんだな》にダイブ。頭《あたま》は痛《いた》いわ、物《もの》は散《ち》らばるわ、遅刻《ちこく》はできないわ……で散々《さんざん》な一日《いちにち》の幕開《まくあ》けだった。

ところが、だ。

「ヒナタ、これ通帳《つうちょう》だよ」

放課後《ほうかご》、家《いえ》に帰《かえ》って、朝散《あさち》らかしたままの部屋《へや》を片付《かたづ》けてたら、みっくんが見《み》つけた「みつを銀行《ぎんこう》」の預金通帳《よきんつうちょう》。俺《おれ》の名前《なまえ》で作《つく》られてる。古《ふる》いマンガの間《あいだ》に挟《はさ》まってたらしい。何《なん》で通帳《つうちょう》が……と考《かんが》え、はたと思《おも》い出《だ》した。

小《しょう》1だったかな？　今《いま》は体《からだ》が不自由《ふじゆう》で父《とう》ちゃんが介護《かいご》に通《かよ》ってるけど、ばあちゃんがまだ元気《げんき》なころ「将来《しょうらい》のために、ここにお金《かね》をためなさい」って、もらった記憶《きおく》がある。確《たし》か、ばあちゃんがいくらか入《い》れてくれてて……。

「じゅ……10万円《まんえん》!?」

通帳《つうちょう》を開《ひら》いて、俺《おれ》は腰《こし》を抜《ぬ》かした。

異次元《いじげん》の金額《きんがく》。ていうか、もらったときは子《こ》どもすぎて価値《かち》が「？」で、すっかり忘《わす》れてた……って俺《おれ》、なんかエサの隠《かく》し場所《ばしょ》を忘《わす》れた犬《いぬ》みたいだな。

「……で、そのお金《かね》どうするの？」

みっくんの、いや～な視線《しせん》。

「分《わ》かってる。ムダ遣《づか》いはしない」

言《い》われるまでもない。ばあちゃんの思《おも》いがこもってんだ。「せっかくだし俺《おれ》、ここにお金《かね》ためてくよ」

「さすがヒナタ!!」

ぽんと手《て》をたたく、みっくん。

「じゃあ、まずは届《とど》け出《で》の印鑑《いんかん》を探《さが》して、あとは一緒《いっしょ》にキャッシュカードを作《つく》ったかどうかを確認《かくにん》して……」

「は？　自分《じぶん》がもらったお金《かね》なのに、なんでそんなにやることあんの？」

ぽかんとする俺《おれ》に「お金《かね》は大事《だいじ》なものだからね。預《あず》けたお金《かね》をきちんと守《まも》ってもらうために、いろいろ必要《ひつよう》なんだ」と、みっくんが教《おし》えてくれる。

「銀行《ぎんこう》って頑丈《がんじょう》な金庫《きんこ》みたいだな」

「それだけじゃないよ」

言《い》うと、みっくんは通帳《つうちょう》のすみっこを指《さ》し示《しめ》した。「お借《か》り入《い》れ」とある。

「銀行《ぎんこう》はお金《かね》を貸《か》しもするんだ」

「え!?　預《あず》かってくれて貸《か》してもくれて、銀行《ぎんこう》さん親切《しんせつ》すぎじゃね？」

「銀行《ぎんこう》は、世《よ》の中《なか》のお金《かね》を、うまく回《まわ》すのが役目《やくめ》だからね。ただ……」

みっくんが言葉《ことば》を続《つづ》ける。「親切《しんせつ》というより、それが商売《しょうばい》なんだ」

商売《しょうばい》？　例《たと》えば、うちは文房具屋《ぶんぼうぐや》だから、文房具《ぶんぼうぐ》を仕入《しい》れて売《う》って、それでもうけてる。でも銀行《ぎんこう》がお金《かね》を預《あず》かって貸《か》して……どこでもうけんの？

首《くび》をかしげる俺《おれ》に、みっくんは「いい機会《きかい》だから、銀行行《ぎんこうい》かない？　そしたら分《わ》かるよ」と笑顔《えがお》を向《む》ける。「通帳記入《つうちょうきにゅう》なら、この時間《じかん》もできるしね」

……通帳記入《つうちょうきにゅう》って何《なに》？

よく分《わ》かんないけど、確《たし》かに行《い》ってみるのはありだ。「みつを銀行《ぎんこう》」の看板《かんばん》は、駅前《えきまえ》でよく見《み》かける。たぶん行《い》けば何《なん》とかなるはずだ。

俺《おれ》は早速《さっそく》、通帳《つうちょう》を手《て》に銀行《ぎんこう》へ……と足《あし》を踏《ふ》み出《だ》したら、今度《こんど》は落《お》ちたままの雑誌《ざっし》に足《あし》を滑《すべ》らせ……たけど華麗《かれい》にジャンプ‼　ばっちり着地《ちゃくち》に成功《せいこう》だ。

「お～」と驚《おどろ》くみっくんに、ドヤ顔《がお》の俺《おれ》。

なんだかちょっぴり、幸先《さいさき》のいいマネーライフの予感《よかん》がするぜ‼

普通預金
100,000 新規 *100,000
!

ことば

銀行《ぎんこう》

銀行《ぎんこう》の役割《やくわり》は、主《おも》に三《みっ》つあるといわれます。一《ひと》つはみなさんからお金《かね》を預《あず》かる「預金《よきん》」です。そして、お金《かね》を必要《ひつよう》とする人《ひと》に貸《か》す「貸《か》し出《だ》し」です。もう一《ひと》つに「為替《かわせ》」があります。ここでいう為替《かわせ》とは、働《はたら》いた人《ひと》の口座《こうざ》に給料《きゅうりょう》を振《ふ》り込《こ》んだり、電気《でんき》を使《つか》った人《ひと》の口座《こうざ》から電気代《でんきだい》を引《ひ》き落《お》としたりすることです。銀行《ぎんこう》は、このような役割《やくわり》を通《つう》じて経済活動《けいざいかつどう》を支《ささ》えています。

09

2人《ふたり》の天気《てんき》は雨《あめ》のち……!?

夕方《ゆうがた》の空《そら》に、いつの間《ま》にか雨雲《あまぐも》。

「これが銀行《ぎんこう》か……」

駅近《えきちか》くの「みつを銀行《ぎんこう》」を前《まえ》に、気分《きぶん》はもう、ラスボス戦《せん》に挑《いど》む主人公《しゅじんこう》。

前回《ぜんかい》、昔《むかし》ばあちゃんにもらった銀行《ぎんこう》の通帳《つうちょう》を発見《はっけん》した俺《おれ》ら。いろいろ話《はな》してるうちに、銀行《ぎんこう》はお金《かね》を預《あず》かったり貸《か》したりして「商売《しょうばい》」してるって知《し》り、でも俺《おれ》はぴんとこない。そこで、みっくんの提案《ていあん》で「通帳記入《つうちょうきにゅう》」をするため、俺《おれ》らは銀行《ぎんこう》に向《む》かった。

その途中《とちゅう》、みっくんが教《おし》えてくれたんだけど、俺《おれ》ら一人一人《ひとりひとり》と銀行《ぎんこう》との、やりとりの仕組《しく》みを「口座《こうざ》」っていうらしい。お金《かね》を預《あず》けたり引《ひ》き出《だ》したり、借《か》りたり返《かえ》したりな。通帳《つうちょう》ってのは、そのやりとりを記《しる》したものだ。機械《きかい》で記《き》入《にゅう》して、確認《かくにん》できるみたい。

俺《おれ》は銀行《ぎんこう》に入《はい》ると、フロアに並《なら》んだ機械《きかい》——ATM（現金自動受払機《げんきんじどううけばらいき》っていうらしい）の指示通《しじどお》りに通帳《つうちょう》を開《ひら》き、決《き》められた場所《ばしょ》に突《つ》っ込《こ》んだ。やがて通帳《つうちょう》が吐《は》き出《だ》されてくる。

そこには、驚《おどろ》きの真実《しんじつ》があった。

「お金《かね》が……増《ふ》えてる？」

ばあちゃんは俺《おれ》の口座《こうざ》に、10万円《まんえん》入《い》れてくれてた。ところが記入《きにゅう》すると、今《いま》口座《こうざ》に入《はい》っているのは10万《まん》と5円《えん》。機械《きかい》なのに……計算《けいさん》ミスか？

きょとんとする俺《おれ》の耳元《みみもと》で、みっくんが「利子《りし》」とささやく。

「お金《かね》を預《あず》けると、利子《りし》っていって、金額《きんがく》や期間《きかん》なんかによって銀行《ぎんこう》からもらえるんだよ。預《あず》けてくれてありがとう……って、お礼《れい》みたいな？」

たった5円《えん》でもお金《かね》はお金《かね》だ。思《おも》わず「銀行《ぎんこう》さん親切《しんせつ》すぎ!!」と叫《さけ》ぶ俺《おれ》。そんな俺《おれ》に、みっくんは「でもね」と続《つづ》ける。「銀行《ぎんこう》も、もらうんだよ」

「銀行《ぎんこう》はね、お金《かね》を貸《か》したら、利子《りし》を上乗《うわの》せして返《かえ》してもらうんだ。借《か》りた側《がわ》が、銀行《ぎんこう》に払《はら》うお礼《れい》って感《かん》じかな？　で、この二《ふた》つの利子《りし》の差《さ》が、銀行《ぎんこう》のもうけになるんだよ」

「……ってことは、銀行《ぎんこう》にお金《かね》を預《あず》けてもらう利子《りし》より、銀行《ぎんこう》に借《か》りて返《かえ》すときの利子《りし》の方《ほう》が高《たか》いんだよな？」

「じゃないと、もうけがないもん」

お金《かね》がお金《かね》を生《う》んでいる……。

なるほどな～。いろんな商売《しょうばい》があるもんだ。世《よ》の中《なか》ってのは、まじ広《ひろ》い。

俺《おれ》は興味津々《きょうみしんしん》で、もっと銀行《ぎんこう》のことを聞《き》きたかった。

が、外《そと》を見《み》ると雨《あめ》がぱらぱら。話《はなし》の続《つづ》きは今度《こんど》にして、そろそろ帰《かえ》らないと、びしょぬれだ。雨《あめ》の駅前《えきまえ》に飛《と》び出《だ》し、俺《おれ》は家《いえ》に急《いそ》ぐ。

そのときだ。

「ヒナタ？」

駅前《えきまえ》の塾《じゅく》に入《はい》っていくマナと、ばったり出《で》くわした。

たちまち背後《はいご》に、みっくんのいや〜な視線《しせん》。とはいえ、さすがに駅前《えきまえ》でケンカは無理《むり》らしく、マナはだんまり。やがてマナが、閉《と》じたばかりの傘《かさ》をそっと俺《おれ》に差《さ》しだした。

「私《わたし》、後《あと》で親《おや》が迎《むか》えに来《く》るから」

貸《か》してくれるらしい。「いいの？」と尋《たず》ねれば「ぬれるでしょ？」。

「……でも俺《おれ》、傘《かさ》は返《かえ》せても利子《りし》は返《かえ》せないよ？」

とたんに「はあ⁉」と表情《ひょうじょう》が険《けわ》しくなるマナ。そして「最悪《さいあく》‼　それ貧乏神《びんぼうがみ》のせい⁉」と傘《かさ》を俺《おれ》に投《な》げつけると、マナは大股《おおまた》で塾《じゅく》に入《はい》っていった。

……いや、さっき利子《りし》の話《はなし》をしてたから、つい口走《くちばし》って……ていうか何《なん》で怒《おこ》んの？　ぽかんとする俺《おれ》の隣《となり》で、みっくんがくすくす笑《わら》っていた。

09

2人《ふたり》の天気《てんき》は雨《あめ》のち……!?

ことば

利子《りし》

一般的《いっぱんてき》に、銀行《ぎんこう》にお金《かね》を預《あず》けると利子《りし》をもらえます。借《か》りると利子《りし》を上乗《うわの》せして返《かえ》します。物語《ものがたり》にあるように、この利子《りし》の差《さ》が銀行《ぎんこう》のもうけになります。利子《りし》は銀行《ぎんこう》によって異《こと》なるため、預《あず》ける際《さい》や借《か》りる際《さい》、注意《ちゅうい》が必要《ひつよう》です。ちなみに利子《りし》は「利息《りそく》」といわれることもあり、使《つか》い分《わ》ける場合《ばあい》もあります。

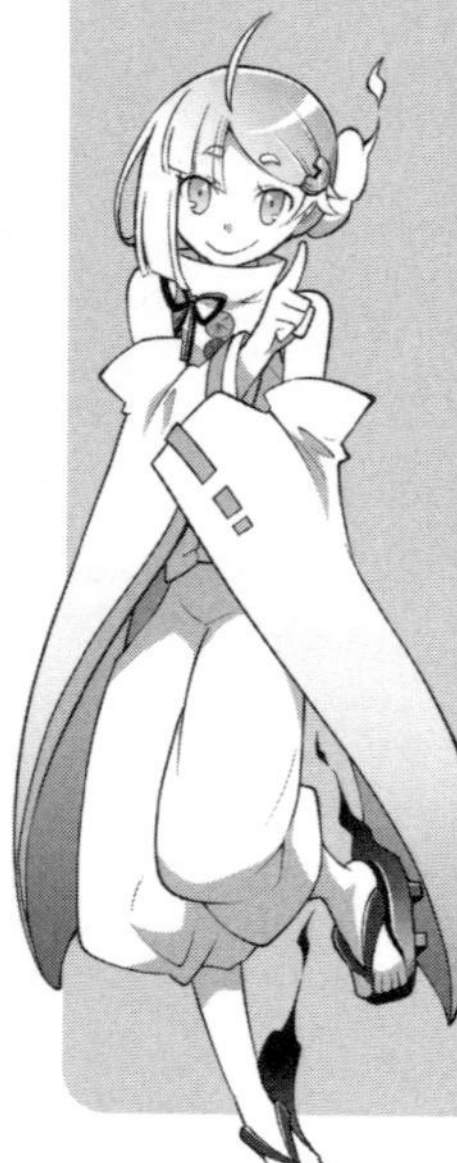

10

神様《かみさま》がドハマり!?

お金《かね》って結局《けっきょく》、何《なん》なんだろ？

いや、急《きゅう》にまじな話《はなし》でごめん。

最近《さいきん》、疑問《ぎもん》に思《おも》うことがあったんだ。

ほら俺《おれ》、ばあちゃんからもらった通帳《つうちょう》を発見《はっけん》したろ？　10万円入《まんえんはい》ってたやつ。

その後《ご》、通帳《つうちょう》を作《つく》るときに使《つか》った印鑑《いんかん》やキャッシュカードを親《おや》が保管《ほかん》してたのが分《わ》かり、キャッシュカードの暗証番号《あんしょうばんごう》も親《おや》が知《し》ってたんだ。みっくんが言《い》うには、これで銀行関係《ぎんこうかんけい》で必要《ひつよう》なものはそろったらしい。

いよいよ俺《おれ》のマネーライフは、新章《しんしょう》に突入《とつにゅう》……のはずなんだけど。

「『おにわ童子《どうじ》』しか勝《か》たん!!」

このところ学校《がっこう》の、特《とく》に女子《じょし》の間《あいだ》で「おにわ童子《どうじ》」が大人気《だいにんき》だ。

庭仕事《にわしごと》をイメージした、5人組《にんぐみ》の男性《だんせい》アイドルグループ「おにわ童子《どうじ》」。

デビュー曲《きょく》「恋《こい》の高枝《たかえだ》切りばさみ」は、ゆる〜い歌詞《かし》&ダンスで大《だい》ヒット。決《き》めゼリフ「ぼくの庭《にわ》で咲《さ》いてごらん？」を聞《き》かない日《ひ》はないくらいだ。

俺的《おれてき》には、正直《しょうじき》ないわ〜。

で、そんな「おにわ童子《どうじ》」のグッズに、お菓子《かし》に付《つ》いてくるカードがある。メンバーごとにいろんなポーズが用意《ようい》され、ファンは集《あつ》めるのに必死《ひっし》。ノートを写《うつ》させてもらう代《か》わりにカード1枚《まい》……みたいに、お金《かね》のように使《つか》われることさえある。まー先生《せんせい》に見《み》つかって、すげー怒《おこ》られてたけどな。

ていうか、これほぼお金《かね》じゃね？

「ふーん、これがお金《かね》……ね？」

学校帰《がっこうがえ》り、ちょうど買《か》い物《もの》を母《かあ》ちゃんに頼《たの》まれてたんで、俺《おれ》はショッピングセンターに寄《よ》ると、そんなこんなの疑問《ぎもん》をぶつけつつ、実物《じつぶつ》のお菓子《かし》&カードをみっくんに見《み》せた。そしたら、みっくんはそんなふうにあきれ気味《ぎみ》。「ま〜お米《こめ》がお金《かね》な感《かん》じの時代《じだい》もあったからね〜」

きっと年貢《ねんぐ》なんかに違《ちが》いない。

「で、お金《かね》ってね、正式《せいしき》には貨幣《かへい》といって、モノやサービスの価値《かち》を測《はか》る尺度《しゃくど》、交換《こうかん》する手段《しゅだん》、価値《かち》をためておく……の三《みっ》つの役割《やくわり》があるんだ。このカードもそういう意味《いみ》では、クラスの中《なか》では貨幣《かへい》っぽいかもね。ただ広《ひろ》く世《よ》の中《なか》に流通《りゅうつう》しないと意味《いみ》がないから、その点《てん》ではとうてい……ね？」

確《たし》かに、クラスではお金《かね》っぽいけど、じゃあこのカードで、お金《かね》みたいに、いつでもどこでも好《す》きなものと交換《こうかん》できるかって言《い》われれば、そうじゃない。クラスの中《なか》でさえ、興味《きょうみ》がない俺《おれ》なんか「は？」って感《かん》じだもんな。

お金《かね》のあれやこれやを知《し》って深《ふか》くうなずく俺《おれ》に、みっくんはといえば「だいたい、こんなアイドルのカードなんか……」と、やれやれとばかりに肩《かた》をすくめ、ため息《いき》をついてみせる。

ところが、だ。

商品棚《しょうひんだな》のディスプレーに「おにわ童子《どうじ》」の曲《きょく》とともにお菓子《かし》&カードのCMが流《なが》れ始《はじ》めると、様子《ようす》が一変《いっぺん》した。

「かっこ……いいかも……」

見《み》よう見《み》まねで、いきなりダンスのみっくん。歌詞《かし》まで口《くち》ずさんでる。

……まさか神様《かみさま》が、一発《いっぱつ》でアイドルにドハマり？

ていうか、どの口《くち》が「こんなアイドルのカードなんか」って言《い》ってやがった？

あきれる俺《おれ》をよそに、みっくんはすっかり「おにわ童子《どうじ》」気分《きぶん》。ドヤ顔《がお》でポーズを決《き》めると、当然《とうぜん》のように笑顔《えがお》でこう言《い》った。

「ぼくの庭《にわ》で咲《さ》いてごらん？」

……勝手《かって》に咲《さ》いてろ、いやまじで。

10

神様《かみさま》がドハマり!?

ことば

貨幣《かへい》

貨幣《かへい》には「価値尺度《かちしゃくど》」「交換《こうかん》・流通手段《りゅうつうしゅだん》」「価値貯蔵手段《かちちょぞうしゅだん》」の三《みっ》つの役割《やくわり》があります。価値尺度《かちしゃくど》は「ものさし」のように、モノやサービスの価値《かち》を誰《だれ》にでも分《わ》かるようにしてくれることです。交換《こうかん》・流通手段《りゅうつうしゅだん》は、取引《とりひき》などを便《べん》利《り》にしてくれることです。貨幣《かへい》がなくモノやサービス同士《どうし》で交換《こうかん》していたら、たいへんです。価値貯蔵手段《かちちょぞうしゅだん》は、今使《いまつか》わなくても将来《しょうらい》のためにためておけるということです。

11 ラスボス登場《とうじょう》!?

やばい。俺《おれ》の中《なか》の悪魔《あくま》が……。

うちはご存《ぞん》じ、学校裏《がっこううら》の文房具屋《ぶんぼうぐや》。母《かあ》ちゃんが忙《いそが》しいときなんかに、俺《おれ》が店番《みせばん》に入《はい》ることがたまにある。父《とう》ちゃんは、ばあちゃんの介護《かいご》があるしな。んで、店番《みせばん》の間《あいだ》は当然《とうぜん》、お金《かね》のやりとりがあるわけで……。

「じゃな～ヒナタ」

「お～また来《き》てなー」

ペンを買《か》いに来《き》たクラスメートは、支払《しはら》いに1000円札《えんさつ》を使《つか》った。そしてクラスメートが帰《かえ》ると、店《みせ》には俺一人《おれひとり》。

手《て》にした1000円札《えんさつ》をレジにしまえない俺《おれ》。欲《ほ》しい。欲《ほ》しすぎる。

そのときだ。

「なんでお金《かね》を見《み》つめてるの？」

背後《はいご》から、みっくんの声《こえ》。「まさか悪《わる》いこと考《かんが》えてる？」と簡単《かんたん》に見破《みやぶ》られたが、素直《すなお》に認《みと》めるわけにもいかない。

俺《おれ》は1000円札《えんさつ》を横目《よこめ》に、慌《あわ》てて言《い》い訳《わけ》を考《かんが》え、そして気《き》づく。

「ほら、お札《さつ》に『日本銀行券《にっぽんぎんこうけん》』って書《か》いてあんだろ？　日本銀行《にっぽんぎんこう》って何《なに》？　ていうかお札《さつ》って券《けん》なわけ？　……って、そんなこんなを考《かんが》えてたんだ」

「いいところに目《め》をつけたね♥」

とっさの言《い》い訳《わけ》にしては、上出来《じょうでき》だったみたい。みっくんはすっかり感心《かんしん》して
「お札《さつ》は正式《せいしき》には紙幣《しへい》っていってね、紙幣《しへい》を発行《はっこう》できるのは中央銀行《ちゅうおうぎんこう》だけで、中央銀行《ちゅうおうぎんこう》が発行《はっこう》した紙幣《しへい》を銀行券《ぎんこうけん》っていうんだよ」と説明《せつめい》する。

「でね、日本《にっぽん》の中央銀行《ちゅうおうぎんこう》の名前《なまえ》が日本銀行《にっぽんぎんこう》。だから日本銀行券《にっぽんぎんこうけん》」

「ていうか俺《おれ》、日本銀行《にっぽんぎんこう》なんて銀行《ぎんこう》見《み》たことないぜ？　駅前《えきまえ》にあるのは『みつ

を銀行《ぎんこう》』の他《ほか》に……」

「日本銀行《にっぽんぎんこう》は『銀行《ぎんこう》の銀行《ぎんこう》』ともいわれて、『みつを銀行《ぎんこう》』みたいな金融機関《きんゆうきかん》だけを相手《あいて》にする銀行《ぎんこう》なんだ。だから駅前《えきまえ》で見《み》かけないんだよ」

すらすらと話《はな》すみっくんに、俺《おれ》は「要《よう》するに、日本銀行《にっぽんぎんこう》は銀行界《ぎんこうかい》のラスボス？」と尋《たず》ねつつ、そっと1000円札《えんさつ》をレジにしまう。持《も》ったままだと、何《なに》を考《かんが》えてたかバレそうだからな。こちらの胸《むね》の内《うち》をよそに、みっくんは「そういう見方《みかた》もありだね」と続《つづ》ける。

「日本銀行《にっぽんぎんこう》は金融機関《きんゆうきかん》とのやりとりを通《つう》じて、世《よ》の中《なか》に出回《でまわ》るお金《かね》の量《りょう》を調《ちょう》整《せい》してるんだよ。例《たと》えばね……」

言《い》うと、みっくんはレジにしまったばかりの1000円札《えんさつ》を指《ゆび》さした。

「さっきヒナタは、そのお金《かね》を手《て》にして悪《わる》い気持《きも》ちを起《お》こしたでしょ？」

……バレてた⁉

たちまち「いや、その……」と焦《あせ》る俺《おれ》を置《お》いて、みっくんは「でもお金《かね》が道《みち》ばたの石《いし》ころみたいに、いつでもどこでも好《す》きに手《て》に入《い》れられたらどう？　欲《ほ》しくないでしょ？」と肩《かた》をすくめてみせる。

「とはいえ、じゃあゲームのレアアイテムみたいに、すごく手《て》に入《い》れにくかったら、それはそれでいろいろ困《こま》っちゃうでしょ？　日本銀行《にっぽんぎんこう》は、そのへんをコントロールしてるんだ。お金《かね》のことを通貨《つうか》ともいうんだけどね、そういうわけで日《にっ》本銀行《ぽんぎんこう》は『通貨《つうか》の番人《ばんにん》』といわれるんだよ」

見破《みやぶ》られてたショックで、話《はなし》が入《はい》ってこない。「分《わ》かった？」と尋《たず》ねるみっくんに、俺《おれ》は「あ……うん。番人《ばんにん》だよな？」と答《こた》えるのが精《せい》いっぱい。

通貨《つうか》の番人《ばんにん》が日本銀行《にっぽんぎんこう》なら、俺《おれ》の番人《ばんにん》はみっくんだ。

さすが神様《かみさま》、悪《わる》いことはできない。俺《おれ》は「……ごめんなさい」と小《ちい》さな声《こえ》で謝《あやま》るしかなかった。

ラスボスの日銀が
あらわれた！！

ことば

日本銀行《にっぽんぎんこう》

日本銀行《にっぽんぎんこう》（日銀《にちぎん》）には、主《おも》に三《みっ》つの役割《やくわり》があります。一《ひと》つはお金《かね》（紙幣《しへい》）を発行《はっこう》することです。紙幣《しへい》を発行《はっこう》する銀行《ぎんこう》を「発券銀行《はっけんぎんこう》」といいます。もう一《ひと》つは政府《せいふ》のお金《かね》を預《あず》かることです。「政府《せいふ》の銀行《ぎんこう》」ともいわれます。三《みっ》つ目《め》は「銀行《ぎんこう》の銀行《ぎんこう》」といわれる役割《やくわり》です。銀行《ぎんこう》などの金融機関《きんゆうきかん》は日銀《にちぎん》に口座《こうざ》を持《も》ち、これを使《つか》って日銀《にちぎん》や金融機関《きんゆうきかん》の間《あいだ》でのやりとりをします。

12

幸《しあわ》せの3000円《えん》!?

「ぼくは神様《かみさま》だから物《もの》はいらない。ヒナタのその気持《きも》ちだけで十分《じゅうぶん》」

みっくんは、笑顔《えがお》で答《こた》えた。

俺《おれ》はちょっと感動《かんどう》……なんかしねー。

なら、あの騒《さわ》ぎは何《なん》だったんだ？

ほら、マナの誕生日《たんじょうび》が近《ちか》いから、プレゼントの準備《じゅんび》しなきゃって前《まえ》にあったろ？

みっくんがマナと張《は》り合《あ》って「ぼくだって、もうすぐヒナタと友達《ともだち》になって1か月《げつ》だから記念《きねん》にお祝《いわ》いして‼」とか何《なん》とか騒《さわ》いでたやつな。

で、いよいよマナの誕生日《たんじょうび》が目前《もくぜん》に近《ちか》づき、まずは「友達《ともだち》1か月記念《げつきねん》」を片《かた》付《づ》けなきゃ……と思《おも》って、何《なに》が欲《ほ》しいか聞《き》いてみたら、みっくんはそんな答《こた》えだったんだ。

人騒《ひとさわ》がせだな、おい。

でも、まープレゼントが一《ひと》つになった分《ぶん》、財布《さいふ》にはありがたかった。

というわけで、俺《おれ》は日曜日《にちようび》、ショッピングセンターに向《む》かった。

予算《よさん》は300円《えん》。

雑貨屋《ざっかや》をのぞくと、マグカップが目《め》に入《はい》る。なぜか瓦割《かわらわ》りするウサギが描《えが》かれ、空手最強《からてさいきょう》のマナにぴったり。値段《ねだん》はギリで予算内《よさんない》。これ一択《いったく》だろ?

そう思《おも》って手《て》を伸《の》ばした、そのとき。

「あ!! おにわ童子《どうじ》!!」

ちょっと離《はな》れたところにある、別《べつ》のマグカップに飛《ひ》びつくみっくん。

ご存《ぞん》じ「おにわ童子《どうじ》」は、みっくんがドハマり中《ちゅう》の、5人組《にんぐみ》の男性《だんせい》アイドルグループだ。見《み》れば、そのマグカップにはメンバーの姿《すがた》が並《なら》んでる。さすがは人気者《にんきもの》で、残《のこ》り1個《こ》。けど、俺《おれ》が気《き》になったのは、そこじゃない。

値段《ねだん》は……3000円《えん》。

瓦割《かわらわ》りのウサギのと、ほぼ変《か》わらない大《おお》きさ&素材感《そざいかん》。なのに値段《ねだん》は約《やく》10倍《ばい》。つい「この値段《ねだん》、ファンの足《あし》もと見《み》すぎじゃね？」と口走《くちばし》ってしまう。

たちまち「需要《じゅよう》と供給《きょうきゅう》！」と、みっくんが、まじな顔《かお》で反論《はんろん》する。

「簡単《かんたん》に言《い》うと、買《か》いたい気持《きも》ちが需要《じゅよう》、売《う》りたい気持《きも》ちが供給《きょうきゅう》。モノの値段《ねだん》は、このバランスで決《き》まるのが基本《きほん》。だから悪《わる》く言《い》うのはやめて。高《たか》くても、きちんと売《う》れるものは売《う》れる。実際《じっさい》、残《のこ》りはこれ1個《こ》でしょ？」

お……おう。

ていうか「おにわ童子《どうじ》」のことだからって、力入《ちからはい》りすぎじゃね？　圧倒《あっとう》される俺《おれ》をよそに、みっくんはじっとマグカップを見《み》つめる。

「もしかして……欲《ほ》しいの？」

「さっきも言《い》ったよね？　ぼくは神様《かみさま》だから物《もの》はいらないんだよ」

そういえば、学校《がっこう》で大人気《だいにんき》の「おにわ童子《どうじ》」のカード付《つ》きのお菓子《かし》も、欲《ほ》しいなんて全然《ぜんぜん》言《い》ってなかった。

ふと、そんなことを思《おも》い出《だ》してたら、脇《わき》から女《おんな》の子《こ》が現《あらわ》れ「おにわ童子《どうじ》」のマグカップを持《も》ってレジに向《む》かう。最後《さいご》の1個《こ》を手《て》に、喜《よろこ》びにあふれた笑顔《えがお》だ。

「ぼくが手《て》に入《い》れて喜《よろこ》ぶより、ああやってね、誰《だれ》かが手《て》に入《い》れて幸《しあわ》せになる方《ほう》が、ぼくはずっとうれしいんだ」

……みっくん、ほんとに貧乏神《びんぼうがみ》か？

優《やさ》しく女《おんな》の子《こ》を見送《みおく》る、みっくん。

でも、みっくんは、やっぱり貧乏神《びんぼうがみ》だった。「じゃあ俺《おれ》らも買《か》って帰《かえ》るか」と俺《おれ》がお目当《めあ》てのマグカップを手《て》にすると「そんなのより、あれは？」と、みっくんが指《ゆび》さす先《さき》にはマスキングテープ。「マナだっけ？　あれをね、あの子《こ》の口《くち》にはったら、少《すこ》しは静《しず》かになるよね？」と唇《くちびる》が皮肉《ひにく》にゆがむ。

いくら仲《なか》が悪《わる》いからって……さっきの優《やさ》しさ、マナにも少《すこ》し向《む》けてやれ‼

ことば

需要《じゅよう》と供給《きょうきゅう》

モノやサービスの値段《ねだん》を決《き》める大《おお》きな要素《ようそ》に「需要《じゅよう》」と「供給《きょうきゅう》」があります。需要《じゅよう》は「買《か》いたい意欲《いよく》」、供給《きょうきゅう》は「売《う》りたい意欲《いよく》」といった意味《いみ》です。この二《ふた》つの関係《かんけい》を「需給《じゅきゅう》バランス」などと表現《ひょうげん》することがあります。一般的《いっぱんてき》に、需要《じゅよう》が大《おお》きく供給《きょうきゅう》が小《ちい》さければモノやサービスが足《た》りずに値段《ねだん》は上《あ》がります。需要《じゅよう》が小《ちい》さく供給《きょうきゅう》が大《おお》きければ、モノやサービスが余《あま》って値段《ねだん》は下《さ》がります。

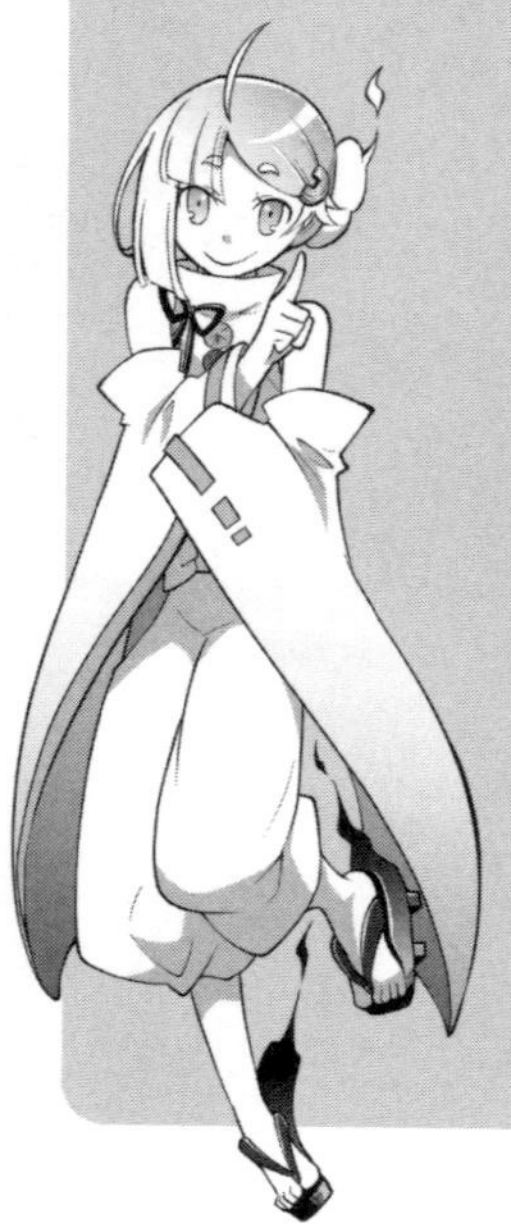

13

これってぼったくり!?

「お、懐《なつ》かしい〜」

倉庫《そうこ》の柱《はしら》に刻《きざ》まれた傷《きず》を見《み》つけて、俺《おれ》は思《おも》わず声《こえ》をあげた。

保育園《ほいくえん》くらいのかな？　俺《おれ》の身長《しんちょう》を刻《きざ》んだやつだ。

うちは家《いえ》の1階《かい》で文房具屋《ぶんぼうぐや》をやってるけど、表《おもて》が店《みせ》で裏《うら》は倉庫《そうこ》になってる。ちょっと秘密基地《ひみつきち》みたいで、小《ちい》さい頃《ころ》よくここで遊《あそ》んでたんだ。柱《はしら》の傷《きず》はその頃《ころ》、母《かあ》ちゃんが刻《きざ》んでくれた。

「ヒナタ、大《おお》きくなったね〜」

柱《はしら》の傷《きず》と俺《おれ》を見比《みくら》べる、みっくん。

その日《ひ》、俺《おれ》は母《かあ》ちゃんに倉庫《そうこ》の整理《せいり》を頼《たの》まれてた。けど、こういうときって、つい目移《めうつ》りしない？　柱《はしら》の傷《きず》の次《つぎ》に俺《おれ》が見《み》つけたのは、箱《はこ》に入《はい》ったマンガ雑誌《ざっし》「少年《しょうねん》チャンプ」。目次《もくじ》を開《ひら》くと、今人気《いまにんき》の「柔術大戦《じゅうじゅつたいせん》」がない。んで、表紙《ひょうし》をよく見《み》たら、今《いま》から6年前《ねんまえ》のもので……って、そこで俺《おれ》は「え？」と驚《おどろ》きの声《こえ》を上《あ》げた。

値段《ねだん》が違《ちが》う。今《いま》は300円《えん》。だけど6年前《ねんまえ》は250円《えん》。

「うわ～値上《ねあ》げしてる。子《こ》ども相手《あいて》にぼったくり!?」

顔《かお》をしかめる俺《おれ》に「そうとは言《い》えないかも」と、みっくん。「モノの値段《ねだん》はずっと同《おな》じじゃないからね」

「モノの値段《ねだん》の中《なか》に『原価《げんか》』っていうのがあるのは知《し》ってる？」

「あ～お客《きゃく》さんに売《う》るまでにかかるお金《かね》のことだろ？」

速攻《そっこう》でこたえる俺《おれ》。文房具屋《ぶんぼうぐや》の息子《むすこ》だもん。そのへんは詳《くわ》しい。

うちでいえば、文房具《ぶんぼうぐ》を仕入《しい》れるお金《かね》なんかが原価《げんか》だ。んで基本《きほん》、原価《げんか》で売《う》ってたら利益《りえき》ゼロだから生活《せいかつ》できない。原価割《げんかわ》れで売《う》ろうもんなら、赤字《あかじ》でお手上《てあ》げ……と考《かんが》えて、おれは気《き》づく。

「原価《げんか》が上《あ》がったから、値上《ねあ》げ⁉」

「その可能性《かのうせい》があるよね。雑誌《ざっし》だと、紙代《かみだい》とか印刷代《いんさつだい》とかかな？　あるいは雑誌《ざっし》が売《う》れなくて、でも原価《げんか》を削《けず》るのには限界《げんかい》があって、それで値上《ねあ》げしたというのも考《かんが》えられるかな？」

そして……と、みっくんは柱《はしら》の傷《きず》を指《ゆび》さした。「ヒナタの成長《せいちょう》と同《おな》じで、世《よ》の中《なか》のお金《かね》のやりくり——経済《けいざい》も成長《せいちょう》するから、その影響《えいきょう》かもしれない」

「……俺《おれ》の成長《せいちょう》と……経済《けいざい》って規模《きぼ》感違《かんちが》いすぎて、意味《いみ》分《わ》かんねー」

「豊《ゆた》かになると、みんなお金《かね》をいっぱい使《つか》えるようになる。すると、もうかるからみんなの手元《てもと》に入《はい》るお金《かね》も増《ふ》える。この流《なが》れがぐるぐる続《つづ》いてもっと豊《ゆた》かに……つまり経済《けいざい》が大《おお》きく成長《せいちょう》する。そんな中《なか》、例《たと》えば印刷《いんさつ》してくれる人《ひと》に払《はら》うお金《かね》が、豊《ゆた》かになる前《まえ》のままはひどいよね？　すると原価《げんか》が上《あ》がるから値段《ねだん》も上《あ》がるって感《かん》じかな？　とはいえ、ま～必《かなら》ずしもそうでないこともあるし、何《なに》より経済《けいざい》がマイナスになることもあって、この点《てん》は……」

話《はなし》の風向《かざむ》きが急《きゅう》に変《か》わって、俺《おれ》は戸惑《とまど》う。

ちょ……え？　今成長《いませいちょう》の話《はなし》だったんじゃないの？　マイナスって……俺《おれ》でたとえると、体《からだ》が縮《ちぢ》むってこと⁉

聞《き》きたいことが次々《つぎつぎ》とあふれ出《で》る。

でも……。

「ヒナタ〜‼　何《なに》やってんの⁉」

母《かあ》ちゃんが倉庫《そうこ》をのぞきに来《き》た。びくっと体《からだ》を縮《ちぢ》こまらせる俺《おれ》。

だって母《かあ》ちゃん超怖《ちょうこわ》いんだもん……って俺《おれ》の体《からだ》、今縮《いまちぢ》んでる⁉　なんか、さっきのみっくんの話《はなし》が、ちょっとだけ分《わ》かったような気《き》がする……。

「話《はなし》の続《つづ》きは、いずれまたね」

困《こま》ったように笑《わら》うみっくんを横《よこ》に、俺《おれ》は慌《あわ》てて倉庫《そうこ》の整理《せいり》を始《はじ》めた。

ヒナタ

ことば

経済成長《けいざいせいちょう》

経済《けいざい》の規模《きぼ》が大《おお》きくなることを、経済成長《けいざいせいちょう》といいます。一般的《いっぱんてき》に成長《せいちょう》にともなってモノやサービスの値段《ねだん》、働《はたら》く人《ひと》の賃金《ちんぎん》などが上《あ》がり、生活《せいかつ》は豊《ゆた》かになるといわれます。成長《せいちょう》は鈍《にぶ》ったり、マイナスになったりすることもあります。なおモノの値段《ねだん》やサービスを全体的《ぜんたいてき》にとらえたものを「物価《ぶっか》」といいます。物《ぶっ》価《か》は「経済《けいざい》の体温計《たいおんけい》」ともいわれ、その国《くに》の経済状況《けいざいじょうきょう》を表《あらわ》すとされます。

14

繰《く》り返《かえ》す「ケーキ」!?

くっそ恥《は》ずかしい……。

放課後《ほうかご》、公園《こうえん》で友達《ともだち》と遊《あそ》んだ帰《かえ》りだった。

最近《さいきん》オープンしたばっかのパン屋《や》があって、すげー行列《ぎょうれつ》。うまいって評判《ひょうばん》で、漂《ただよ》うにおいに腹《はら》が鳴《な》る。行列《ぎょうれつ》の間《あいだ》から「景気《けいき》がいいね」って声《こえ》が聞《き》こえてきたのは、そんなときだった。

「……パン屋《や》なのにケーキ？」

「あは♥　ヒナタおもしろ～い」

みっくんは笑《わら》ってた……けど、ここ笑《わら》うとこ？

ぽかんとする俺《おれ》に、みっくんは「もしかして本気《ほんき》で言《い》った？」と、びっくり。

何《なに》を隠《かく》そう、俺《おれ》はそれまで「景気《けいき》」を「ケーキ」と思《おも》ってたんだ。慌《あわ》てて「ケーキじゃなくて景気《けいき》」と、みっくんが教《おし》えてくれた。

「景気《けいき》はね、経済《けいざい》の状況《じょうきょう》を表《あらわ》す言葉《ことば》で『景気《けいき》がいい』は世《よ》の中全体《なかぜんたい》の商売《しょうばい》がうまくいってて、活気《かっき》にあふれてること。『景気《けいき》が悪《わる》い』というのはその反対《はんたい》。で、さっきの声《こえ》は、世《よ》の中全体《なかぜんたい》のことではないんだけど、パン屋《や》さんがすごくもうかってそうだから『景気《けいき》がいい』って表現《ひょうげん》したんだよ」

みっくんの説明《せつめい》がていねいすぎて……なんか俺《おれ》、かわいそうな子《こ》みたい。だから俺《おれ》はつい「いや、意味《いみ》は分《わ》かってたんだぜ?」と強《つよ》がってみせた。

「俺《おれ》ずっと、ケーキで世《よ》の中《なか》を表現《ひょうげん》してると思《おも》ってたんだ。みんなが幸《しあわ》せでケーキが売《う》れて『ケーキがいい』。悲《かな》しくて売《う》れないから『ケーキが悪《わる》い』。な?　意《い》味《み》は合《あ》ってるよな?」

「……そうだね」

よほど俺《おれ》が哀《あわ》れに思《おも》えたのか、みっくんは「このまえ経済《けいざい》が成長《せいちょう》するって話《はな》したよね？」と話題《わだい》を変《か》えた。

「一般的《いっぱんてき》にね、経済《けいざい》が成長《せいちょう》してると景気《けいき》はよくて、成長《せいちょう》が鈍《にぶ》かったりマイナスになったりすると景気《けいき》は悪《わる》くなる。世《よ》の中《なか》は、この繰《く》り返《かえ》しなんだ」

言《い》われて、俺《おれ》は行列《ぎょうれつ》に目《め》を向《む》ける。

世《よ》の中《なか》のことは、正直《しょうじき》あんま実感《じっかん》がない。とはいえ意味《いみ》は分《わ》かる気《き》がする。

たとえば、このパン屋《や》。永遠《えいえん》に人気《にんき》ってことはないと思《おも》う。いつか行列《ぎょうれつ》が途絶《とだ》えるかも。でも、もっとうまいパンで巻《ま》き返《かえ》して、再《ふたた》びバカ売《う》れもありうる。

そういう繰《く》り返《かえ》しの大《おお》きなのが、きっと世《よ》の中《なか》ってやつなんだろう。

ぼんやり、そんなことを考《かんが》えていた……そのとき。

「あ、ヒナタ！」

マナの声《こえ》だ。見《み》れば、母《かあ》ちゃんと紙袋《かみぶくろ》を抱《かか》えてパン屋《や》を出《で》たとこだった。

母《かあ》ちゃんから離《はな》れ、マナは俺《おれ》らに近《ちか》づくと「変《へん》なのも一緒《いっしょ》か……」と俺《おれ》の背後《はいご》のみっくんに一撃《いちげき》。みっくんも「呼《よ》んでないのに来《こ》ないでよ」と応戦《おうせん》。が、マナはすぐに「この前《まえ》はありがとね」と、みっくんをガン無視《むし》した。

「マグカップ、いつも使《つか》ってる」

前《まえ》に誕生日《たんじょうび》プレゼントで買《か》ったやつだ。「気《き》に入《い》ってんならよかった」と照《て》れ気《ぎ》味《み》の俺《おれ》に、マナは「ここのパン食《た》べるときも牛乳《ぎゅうにゅう》入《い》れて使《つか》うんだ〜」と、ことさら笑顔《えがお》を作《つく》ってみせる。

その視線《しせん》の先《さき》には……みっくん。

何《なに》アピール⁉

すぐに「あれ、ぼくも一緒《いっしょ》に買《か》いに行《い》ったんだ」と、みっくん。たちまち「一《いっ》緒《しょ》って……ヒナタにとりついてるだけでしょ⁉」とマナは怒《おこ》りだし……って、またケンカだ。

ていうか景気《けいき》みたいに、この2人《ふたり》の仲《なか》もたまにはよくなんないかな……。

パン屋《や》のにおいに誘《さそ》われ、いよいよ腹《はら》が鳴《な》りまくる俺《おれ》をよそに、2人《ふたり》の言《い》い争《あらそ》いは、まだまだ続《つづ》きそうだった。

ことば

景気《けいき》

モノやサービスの売《う》り買《か》いなどの経済活動《けいざいかつどう》の状況《じょうきょう》を「景気《けいき》」といいます。活《かっ》気《き》のあるときは「景気《けいき》がいい」や「好景気《こうけいき》」「好況《こうきょう》」などといい、活気《かっき》がないときは「景気《けいき》が悪《わる》い」や「不景気《ふけいき》」「不況《ふきょう》」といいます。その長《なが》さやよさ（悪《わる》さ）はそれぞれですが、景気《けいき》は常《つね》に一定《いってい》ではなく好景気《こうけいき》と不景気《ふけいき》を繰《く》り返《かえ》しています。

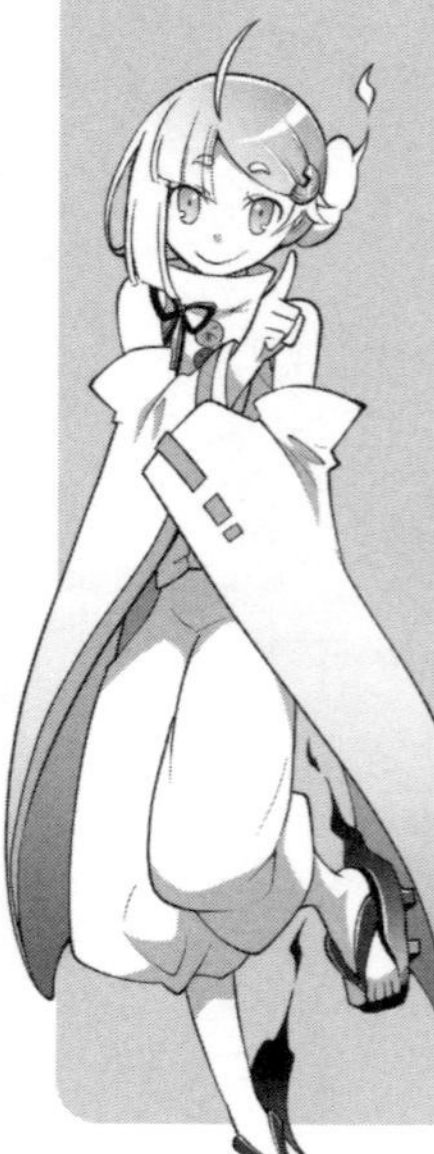

15

小《こ》遣《づか》い大《だい》ピンチ!?

「じゃ……じゃあ点数《てんすう》上《あ》がったら、小遣《こづか》い上《あ》げてくれんのかよ!?」

食《く》い下《さ》がる俺《おれ》に、母《かあ》ちゃんから返《かえ》ってきたのは「上《あ》げるから、とにかく勉強《べんきょう》しなさい!!」という言葉《ことば》だった。

お〜言《い》ったな？　今《いま》の忘《わす》れんなよ……とは言《い》えず、言葉《ことば》をのみ込《こ》む俺《おれ》。

悪《わる》いのは俺《おれ》だ。それは分《わ》かってる。

実《じっ》は……算数《さんすう》のテストが35点《てん》だったんだ。最近《さいきん》、遊《あそ》んでばっかだったのもあって、母《かあ》ちゃん激怒《げきど》。「次《つぎ》も悪《わる》かったら小遣《こづか》い減《へ》らす!!」となったんだ。

けど、小遣《こづか》い減《へ》らすはなくね？

ていうか、逆《ぎゃく》に「点数《てんすう》上《あ》がったら小遣《こづか》いアップ」って言葉《ことば》はもらったものの、点数《てんすう》が上《あ》がる見込《みこ》みなんかなくて……。俺《おれ》は、まさに苦《くる》しいときの神頼《かみだの》みで「な〜神様《かみさま》として、なんかできることない？」と、みっくんに聞《き》いてみた。

「ぼく勉強《べんきょう》の神様《かみさま》じゃないしな〜」

肩《かた》をすくめてみせる、みっくん。

だよな……と俺《おれ》が肩《かた》を落《お》とすと「でも、なんかさっきの話《はなし》、インフレとデフレみたい」と、こちらの気《き》を紛《まぎ》らわせるためか、そんなことを言《い》い出《だ》した。

「……何《なに》それ？　『フレフレ』って俺《おれ》を応援《おうえん》してくれてんの？」

「ほら、景気《けいき》の話覚《はなしおぼ》えてる？　景気《けいき》がいいというのは商売《しょうばい》がうまくいってる、つまりモノがよく売《う》れるってことね。で、売《う》れるからモノの値段《ねだん》が上《あ》がるんだ。これがインフレーション、略《りゃく》してインフレね。逆《ぎゃく》に景気《けいき》が悪《わる》いというのは商売《しょうばい》がうまくいってない、つまりモノが売《う》れないから値段《ねだん》が下《さ》がる。これがデフレーション、略《りゃく》してデフレ。ま〜あくまで一般論《いっぱんろん》だけどね」

「さっきの話《はなし》とどこが似《に》てんの？」

「テストが悪《わる》いとお母《かあ》さんの機嫌《きげん》も悪《わる》くなって小遣《こづか》いが下《さ》がる、まるでデフレだよね？　でもテストがいいとお母《かあ》さんの機嫌《きげん》も良《よ》くなって小遣《こづか》いが上《あ》がる、こっちはインフレかな？」

「俺《おれ》……ずっとデフレのままかも」

頭《あたま》を抱《かか》えると「そういうデフレから抜《ぬ》け出《だ》せない状況《じょうきょう》を、デフレスパイラルっていうんだ♥」と、みっくん。

「でも、ま～だからってインフレがいいとは限《かぎ》んないけどね、現実《げんじつ》は」

「え？　幸《しあわ》せなんじゃねーの？」

「例《たと》えばモノの値上《ねあ》がりと、使《つか》えるお金《かね》の増《ふ》え方《かた》が違《ちが》う場合《ばあい》ね。使《つか》えるお金《かね》は少《すく》ないのに、モノの値段《ねだん》が上《あ》がったら困《こま》るでしょ？　それにハイパーインフレっていうのもあるんだよ」

「名前《なまえ》からしてヤバそうだな」

「モノの値段《ねだん》が上《あ》がりすぎて、お金《かね》が紙《かみ》くず同然《どうぜん》になるんだ。で、ずっと前《まえ》に話《はな》した、日本銀行《にっぽんぎんこう》が世《よ》の中《なか》のお金《かね》の量《りょう》を調整《ちょうせい》してるっていうのは、そんなこんなをうまくやるためなんだよ」

すげーな日本銀行《にっぽんぎんこう》……って今《いま》は世《よ》の中《なか》のことより俺《おれ》のテスト、そして小遣《こづか》いのことだ。俺《おれ》には、日本銀行《にっぽんぎんこう》みたいな強《つよ》い味方《みかた》はいない。いるのは「ね？　お金《かね》っておもしろいよね？」と、まだ何《なに》か話《はな》したがってる貧乏神《びんぼうがみ》だけだ。

……勉強《べんきょう》するしかない。

「話《はなし》は後《あと》で聞《き》くよ……」

しぶしぶ机《つくえ》に向《む》かうと、みっくんは「ごめんね、役《やく》に立《た》てなくて」と、さびしげ。けどすぐに「あ、勉強中《べんきょうちゅう》に居眠《いねむ》りしたら貯金減《ちょきんへ》らすとか、そういう形《かたち》でなら役《やく》に……」と笑顔《えがお》に戻《もど》る。

「あ～それは大丈夫《だいじょうぶ》かな……」

速攻《そっこう》で断《ことわ》る俺《おれ》。みっくんなりの気《き》づかいだろうけど……普通《ふつう》に怖《こわ》いわ‼

15

小遣《こづか》い大《だい》ピンチ!?

ことば

インフレとデフレ

モノやサービスの値段《ねだん》が上《あ》がり続《つづ》けることをインフレーション（インフレ）、下《さ》がり続《つづ》けることをデフレーション（デフレ）といいます。モノやサービスがよく売《う》れて値段《ねだん》が上《あ》がり、働《はたら》く人《ひと》の賃金《ちんぎん》も同様《どうよう》に上《あ》がるインフレは、一般的《いっぱんてき》に「よいインフレ」といわれ、そうでない場合《ばあい》は「悪《わる》いインフレ」といわれます。なお日本銀行《にっぽんぎんこう》がモノやサービスの値段《ねだん》（物価《ぶっか》）の安定《あんてい》のために行《おこな》う政策《せいさく》を「金融政策《きんゆうせいさく》」といいます。

16

やっぱいいやつ!?

俺《おれ》は寝相《ねぞう》が悪《わる》い……みたい。

寝《ね》てるから、自分《じぶん》では分《わ》からない。ただ前《まえ》に通《かよ》ってた空手道場《からてどうじょう》の合宿《がっしゅく》では、連日連夜《れんじつれんや》ほとんど回《まわ》し蹴《げ》りみたいな寝返《ねがえ》りを打《う》ってたらしい。みんなから「ヒナタの隣《となり》は無理《むり》!!」と言《い》われ、俺《おれ》の布団《ふとん》だけ距離《きょり》を置《お》かれたくらいだ。

そんなわけで、夜《よる》かけたはずの毛布《もうふ》やタオルケットなんかが朝《あさ》どっかに行《い》ってるのは日常《にちじょう》の光景《こうけい》で、なんならパジャマすらはだけてて……当然《とうぜん》のように、けっこうな頻度《ひんど》でカゼを引《ひ》く。

「あ〜またいつものだ」

目覚《めざ》めた瞬間《しゅんかん》、喉《のど》に嫌《いや》な感《かん》じを覚《おぼ》えた。体温計《たいおんけい》は平熱《へいねつ》を軽《かる》くオーバー。母《かあ》ちゃんに伝《つた》えて念《ねん》のため学校《がっこう》を休《やす》み、とりあえず病院《びょういん》に行《い》ったら、やっぱりおなじみのカゼ。家《いえ》に帰《かえ》って、もらった薬《くすり》を飲《の》んだら、あとはベッドに転《ころ》がって治《なお》るのを待《ま》つしかなかった。

「……今《いま》どんな感《かん》じなの？」

ベッドの枕元《まくらもと》に腰掛《こしか》ける、みっくん。

朝《あさ》からずっと心配《しんぱい》そうにしてる。

神様《かみさま》はカゼを引《ひ》かないから、こっちの状況《じょうきょう》がよく分《わ》かんないようだ。

俺《おれ》は「そんな心配《しんぱい》すんなって」と答《こた》えるついでに、ふと「こういうのって、神《かみ》様《さま》の力《ちから》でなんとか……」と言《い》いかけて、慌《あわ》てて言葉《ことば》をのみ込《こ》んだ。

前回《ぜんかい》、勉強《べんきょう》で貧乏神《びんぼうがみ》——みっくんの力《ちから》を借《か》りようとしたら、とんでもない方《ほう》向《こう》に突《つ》っ走《ぱし》りそうになったもんな。

代《か》わりに「熱《ねつ》があるのに寒気《さむけ》がするんだ」と伝《つた》え、場《ば》の空気《くうき》を変《か》えようと「ほら、いつもみたいに何《なに》か教《おし》えてくれよ」と笑《わら》ってみせる。

みっくんは少《すこ》し表情《ひょうじょう》を緩《ゆる》めると「スタグフレーションに似《に》てる」と、ぽつりとこぼした。

「インフレとデフレは話《はな》したよね？　一般的《いっぱんてき》に、景気《けいき》がよくてモノが売《う》れてモノの値段《ねだん》が上《あ》がるのがインフレで、景気《けいき》が悪《わる》くてモノが売《う》れずモノの値段《ねだん》が下《さ》がるのがデフレ。スタグフレーションはね、景気《けいき》が悪《わる》くてモノが売《う》れない中《なか》、普通《ふつう》ならモノの値段《ねだん》が下《さ》がるはずなのにモノの値段《ねだん》が上《あ》がることなんだ。熱《ねつ》があるのに寒気《さむけ》がする……って、つまりそんな感《かん》じだよね？」

「お～最悪《さいあく》な状態《じょうたい》ってのは、確《たし》かによく似《に》てんな」

「起《お》こる理由《りゆう》はいろいろだけどね、よくあるのは、景気《けいき》が悪《わる》くてモノが売《う》れないんだけど、モノの材料《ざいりょう》なんかが世界的《せかいてき》に値上《ねあ》がりして、どうしても値上《ねあ》げせざるをえない……みたいなのかな？」

「世《よ》の中《なか》って、いろいろあるな」

だんだん話《はな》すのに疲《つか》れてきて、話《はなし》を切《き》り上《あ》げようとする俺《おれ》に「でもね……」

と、みっくんは言葉《ことば》を続《つづ》けた。

「これまでずっと話《はな》してきた通《とお》り、どんな状態《じょうたい》もずっと続《つづ》くわけじゃないからね。だから……」

そっと、俺《おれ》の顔《かお》をのぞき込《こ》む、みっくん。「ヒナタの今《いま》の状態《じょうたい》だって、いつかは変《か》わる。絶対《ぜったい》に良《よ》くなるんだよ」と、今《いま》にも泣《な》きそうな声《こえ》。

……俺《おれ》そこまで重病《じゅうびょう》じゃないっす。

そういえば、みっくんって貧乏神《びんぼうがみ》だから、人間《にんげん》と友達《ともだち》になったのは俺《おれ》が初《はじ》めてだったな。たぶん、そういうのもあるんだろう。

いろいろ面倒《めんどう》くさいとこもあるけど、みっくんってなんだかんだ、やっぱいいやつなんだな。

俺《おれ》は「泣《な》くなよ」と笑《わら》うと、ベッドに置《お》かれたみっくんの手《て》に手《て》を重《かさ》ね、こう添《そ》えた。「でも、ありがとな」

ことば

スタグフレーション

景気《けいき》が悪《わる》くモノやサービスが売《う》れないにもかかわらず、それらの値段《ねだん》が上《あ》がることです。不景気《ふけいき》などを意味《いみ》する英語《えいご》「Stagnation《スタグネーション》」とインフレーション（Inflation）を合《あ》わせた言葉《ことば》です。物語《ものがたり》にある通《とお》り、景気《けいき》が悪《わる》くモノやサービスが売《う》れないとそれらの値段《ねだん》は下《さ》がるのが一般的《いっぱんてき》ですが、材料《ざいりょう》の値段《ねだん》が上《あ》がるなどして、モノやサービスの値段《ねだん》が上《あ》がって引《ひ》き起《お》こされることがあります。

17 ちやほやの先《さき》に……!?

これって俺《おれ》のターン!?

ここ数日《すうじつ》、おおぜいの女子《じょし》が、俺《おれ》のクラスの席《せき》に集《あつ》まる。「おにわ童子《どうじ》」のノートが、来週発売《らいしゅうはつばい》されるからだ。

5人組《にんぐみ》の男性《だんせい》アイドルグループ「おにわ童子《どうじ》」の人気《にんき》は、もう知《し》ってるよな？　貧乏神《びんぼうがみ》のみっくんですらドハマり中《ちゅう》で、今回《こんかい》のノート発売《はつばい》でも「『おにわ童子《どうじ》』だもん。絶対売《ぜったいう》れる!!」と自分《じぶん》のことのように力説《りきせつ》してる。

んで、俺《おれ》んちって学校裏《がっこううら》の文房具屋《ぶんぼうぐや》だろ？　「何冊入荷《なんさつにゅうか》するの？」とか「予《よ》約《やく》できる？」とか、学校中《がっこうじゅう》のファンが俺《おれ》んとこに集《あつ》まるってわけだ。

もちろん目当《めあ》ては「おにわ童子《どうじ》」のノートで、俺《おれ》じゃない。

けど、こんだけいっぱい女子《じょし》が集《あつ》まってくると、悪《わる》い気《き》はしない。

正直《しょうじき》、気分《きぶん》がいい。

だから最近《さいきん》は、休《やす》み時間《じかん》が待《ま》ち遠《どお》しくて待《ま》ち遠《どお》しくて……。

「ヒナタ、にやけすぎじゃない？」

マナがそう声《こえ》をかけてきたのは、昼休《ひるやす》みがもうすぐ終《お》わるころだった。

俺《おれ》の周《まわ》りから女子《じょし》がいなくなるのを見計《みはか》らって「ちょっと女子《じょし》が集《あつ》まるからって……バカっぽいよ」と鼻《はな》で笑《わら》う。「いいじゃねーか。俺《おれ》がちやほやされて迷惑《めいわく》かけたか？」と言《い》い返《かえ》すと、たちまち「嫉妬《しっと》なんて可愛《かわい》いね～♥」と横《よこ》からみっくんが割《わ》って入《はい》ってくる。

「ちょ……はあ⁉　嫉妬《しっと》って何《なに》⁉　あんた、ほんとにぶっ倒《たお》すよ⁉」

「あれれ？　ぼく君《きみ》のことだなんて一言《ひとこと》も言《い》ってないのに？」

みっくんにからかわれ、マナは「……ていうか‼」と机《つくえ》をたたく。そしてなぜか「私《わたし》はこんなのバブルって言《い》いたいだけ‼」と矛先《ほこさき》を俺《おれ》に向《む》ける。

バブル？　泡《あわ》？

ぽかんとする俺《おれ》。

だけど意味《いみ》が分《わ》からないのは、俺《おれ》だけじゃない。

みっくんが見《み》えてるのは俺《おれ》とマナだけだから、突然《とつぜん》のマナの大声《おおごえ》にクラスは静《しず》まりかえる。「あ、ごめん。何《なん》でもない」と笑《わら》ってごまかすマナを横目《よこめ》に、みっくんが「あ〜女子《じょし》の間《あいだ》でのヒナタの扱《あつか》われ方《かた》が、実体《じったい》より大《おお》きくなってるって言《い》いたいみたいだね、この子《こ》は」と説明《せつめい》してくれた。

「バブル経済《けいざい》って言葉《ことば》、ヒナタは聞《き》いたことある？」

「おお、あるある。俺《おれ》らが生《う》まれる、ずっと前《まえ》にあったんだよな？」

「ものすごい好景気《こうけいき》だったんだけどね、実体《じったい》はモノの価値《かち》が泡《あわ》のように膨《ふく》らんでただけで、最後《さいご》ははじけちゃったんだよ」

みっくんの説明《せつめい》に、マナは周囲《しゅうい》の目《め》を気《き》にしながら「そう、私《わたし》が言《い》いたいのはそれ‼」と小声《こごえ》でかぶせてきた。

「どうせ、はじけるんだからね‼」

「分《わ》かってるって、それくらい」

……と、そのときは俺《おれ》だって覚悟《かくご》していたつもりだった。

ところが翌週《よくしゅう》、ノートが発売《はつばい》されて盛《も》り上《あ》がりが一段落《いちだんらく》したとたん、まじで誰《だれ》も来《こ》なくなったら、超《ちょう》へこんだ。

ちやほやされすぎた分《ぶん》、急《きゅう》にされなくなると、さびしさが募《つの》ってやばい。

「ほらね、言《い》ったでしょ？」

さびしさを隠《かく》せない俺《おれ》に、あきれるマナ。そこへ「ライバルたちがいなくなった気分《きぶん》はどう？」と、いや〜な笑《え》みを浮《う》かべてみせる、みっくん。

すぐに、いつものように言《い》い争《あらそ》いが始《はじ》まって、俺《おれ》はちょっと反省《はんせい》する。

実体《じったい》のないバブルなちやほやより、俺《おれ》やっぱ、このくらいの方《ほう》がいいや。

ことば

バブル経済《けいざい》

財産《ざいさん》となるモノの値段《ねだん》が、実体《じったい》とかけ離《はな》れて上《あ》がることです。値上《ねあ》がりの理由《りゆう》がなかったり弱《よわ》かったりするため、一気《いっき》にしぼんで長続《ながつづ》きしない様子《ようす》から「バブル（泡《あわ》）」と表現《ひょうげん》されます。日本《にっぽん》では１９８０年代《ねんだい》から、土地《とち》の値段《ねだん》などが急《きゅう》に大《おお》きく上《あ》がりました。しかし90年代《ねんだい》に入《はい》ると急落《きゅうらく》し、経済《けいざい》に大《おお》きな傷痕《きずあと》を残《のこ》しました。

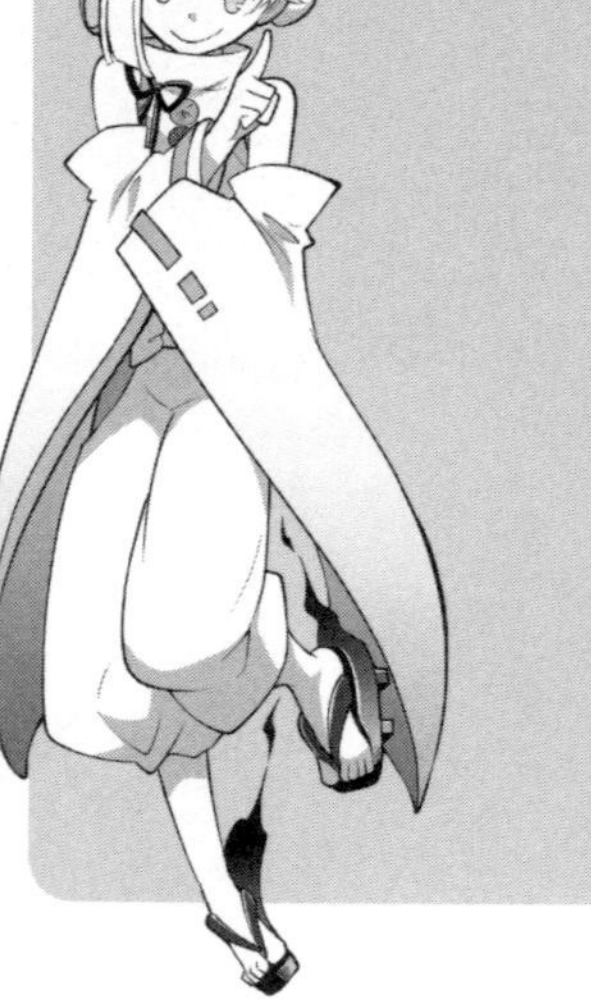

18

守《しゅ》護《ご》神《しん》現《あらわ》る!?

「早《はや》く終《お》われよ、ニュース!!」

今夜《こんや》は、サッカー日本代表《にっぽんだいひょう》の大事《だいじ》な試合《しあい》が、テレビで中継《ちゅうけい》される日《ひ》だ。

しかも今夜《こんや》は、母《かあ》ちゃんは町内会《ちょうないかい》の集《あつ》まりでいない。父《とう》ちゃんはばあちゃんの介護《かいご》で、帰《かえ》りが遅《おそ》くなる。

思《おも》いっきり、観戦《かんせん》を楽《たの》しめるってわけだ。

冷凍《れいとう》のピザを温《あたた》め、手元《てもと》に準備《じゅんび》。

やっぱサッカーにはピザだよな〜。テレビをつけて、そのときを待《ま》つ俺《おれ》。

……なのに、だ。

午後《ごご》6時《じ》20分《ぷん》の試合開始《しあいかいし》を前《まえ》に「6時《じ》のニュースです」ってアナウンサーが出《で》

てきたんだ。

いや、確《たし》かに試合《しあい》はまだだよ？　けど、こっちはもう熱《あつ》くなってんだ。早《はや》くピッチだけでも映《うつ》してくれよ‼　そこへきて、アナウンサーが「今日《きょう》の円相場《えんそうば》は……」なんて言《い》い出《だ》したから、キレたね、俺《おれ》は。

「はあ⁉　それ今《いま》いる情報《じょうほう》⁉」

「でも、お金《かね》の大事《だいじ》な話《はなし》だよ～」

俺《おれ》の耳元《みみもと》で、みっくんがささやく。

「円相場《えんそうば》はね、日本《にっぽん》のお金《かね》である円《えん》が、世界《せかい》のお金《かね》の基準《きじゅん》になるアメリカのお金《かね》のドルなんかに比《くら》べて、今《いま》どれくらいの価値《かち》かを表《あらわ》しているんだ。価値《かち》は一定《いってい》ではなく日々《ひび》動《うご》いて……」

説明《せつめい》を始《はじ》めるみっくんに、俺《おれ》は「でも俺《おれ》に関係《かんけい》ねーもん」と突《つ》っかかる。

普段《ふだん》なら、おとなしく話《はなし》を聞《き》く。けど試合《しあい》を前《まえ》にして、俺《おれ》の気持《きも》ちは12人目《にんめ》の選手《せんしゅ》。臨戦態勢《りんせんたいせい》だから、口調《くちょう》もドライブシュートみたいに鋭《するど》くなる。

「俺《おれ》だって聞《き》いたことあるよ？　円高《えんだか》とか円安《えんやす》とかってやつだろ？　けど俺《おれ》、海外旅行《かいがいりょこう》しねーもん。ほら、どこに関係《かんけい》あんの？　全然《ぜんぜん》ねーだろ？」

「ほんとにそう思《おも》う？」

にやにや笑《わら》う、みっくん。

こういうときは……なんかある。一瞬《いっしゅん》、ひるむ俺《おれ》に「これでも関係《かんけい》ないって言《い》えるかな？」と、みっくんは続《つづ》ける。

「昨日《きのう》１個《こ》１ドルのリンゴを１００円《えん》で買《か》えてたのに、今日《きょう》は１１０円《えん》でないと買《か》えなくなるのが円安《えんやす》。逆《ぎゃく》に９０円《えん》で買《か》えるようになるのが円高《えんだか》。じゃあ円安《えんやす》になったとき、海外《かいがい》から多《おお》くのモノを買《か》ってる日本《にっぽん》はどうなる？」

「それは……今《いま》までよりたくさんお金《かね》を——円《えん》を払《はら》うから、日本《にっぽん》の中《なか》のモノの値段《ねだん》は上《あ》がるだろうな。でも、そんな大《おお》きな話《はなし》、やっぱ俺《おれ》には……」

「ヒナタの周《まわ》りだって、海外《かいがい》のモノや、海外《かいがい》のモノを原料《げんりょう》にした商品《しょうひん》があふれてるよ？　その手元《てもと》のピザもそうでしょ？　全部国産《ぜんぶこくさん》？　円安《えんやす》でピザの値段《ねだん》が上《あ》がったらどう？　高《たか》すぎて買《か》えなくなったら嫌《いや》じゃない？」

確《たし》かに、ピザなしのサッカー観戦《かんせん》はつらい……って、臨戦態勢《りんせんたいせい》だったはずなのに、気《き》づいたら俺《おれ》はいつものように、みっくんに納得《なっとく》させられていた。

すげーな、この鉄壁感《てっぺきかん》。なんならゴール前《まえ》に立《た》たせておきたい感《かん》じだ。

俺《おれ》は感心《かんしん》しながら「日本《にっぽん》の守護神《しゅごしん》……みっくん」と想像《そうぞう》してみる。

「ま～今《いま》のは極端《きょくたん》な話《はなし》ね。それに円安《えんやす》がダメで円高《えんだか》がいいってわけでもないから、あくまで一例《いちれい》ということで」

ちょっと得意《とくい》げなその顔《かお》は……同《おな》じ神様《かみさま》とはいえ、どう見《み》ても守護神《しゅごしん》って感《かん》じじゃない。

やっぱり、みっくんはみっくん。貧乏神《びんぼうがみ》がちょうどいい。

くすりと笑《わら》う俺《おれ》に、みっくんは「え？　何《なに》？」と、きょとんとする。答《こた》える代《か》わりに、俺《おれ》はテレビに目《め》を向《む》け「お、始《はじ》まるぞ‼」と話題《わだい》を変《か》えた。

ばーーん

ことば

円相場《えんそうば》

日本《にっぽん》のお金《かね》（通貨《つうか》）である円《えん》に対《たい》する、他《ほか》の国《くに》の通貨《つうか》の交換比率《こうかんひりつ》です。円《えん》が他《ほか》の国《くに》の通貨《つうか》より価値《かち》が上《あ》がれば円高《えんだか》、価値《かち》が下《さ》がれば円安《えんやす》といいます。世界《せかい》の通貨《つうか》の基準《きじゅん》となるアメリカのドルに対《たい》するものが、よく取《と》り上《あ》げられます。日本経済《にほんけいざい》はもちろん世界経済《せかいけいざい》など、さまざまな原因《げんいん》で比率《ひりつ》は動《うご》きます。なお異《こと》なる通貨《つうか》を交換《こうかん》（売《う》り買《か》い）するところを「外国為替市場《がいこくかわせしじょう》」といいます。

19

俺《おれ》の対戦相手《たいせんあいて》は!?

「すご～い♥」

通帳《つうちょう》を見《み》て声《こえ》をあげるみっくんに、俺《おれ》は「ま、こんなもんよ」とドヤ顔《がお》。

前《まえ》に発見《はっけん》した、ばあちゃんが俺《おれ》にくれてた「みつを銀行《ぎんこう》」の通帳《つうちょう》あったろ？

10万円入《まんえんはい》ってて驚《おどろ》いたやつな。

あれから俺《おれ》、小遣《こづか》いを少《すこ》しずつここにためてたんだ。お金《かね》ためるって、みっくんと約束《やくそく》したしな。その間《あいだ》、テストの点数《てんすう》が悪《わる》すぎて、母《かあ》ちゃんに小遣《こづか》い減《へ》らされそうになったこともあったけど、そこはなんとか乗《の》り切《き》った。

そして……聞《き》いて驚《おどろ》け。

今《いま》の総額《そうがく》は10万《まん》605円《えん》。

もらった10万円《まんえん》には、手《て》をつけてない。5円《えん》は、預《あず》けてる間《あいだ》に銀行《ぎんこう》がつけてくれてた利子《りし》な。前《まえ》に俺《おれ》が利子《りし》の存在《そんざい》を知《し》らなくて「計算《けいさん》ミス⁉」って疑《うたが》ってたろ？　ってことで、俺《おれ》がためたのは600円《えん》。小遣《こづか》い月《つき》1000円《えん》でだぜ？　人生初《じんせいはつ》の貯金《ちょきん》でだぜ？　このままいけば俺《おれ》、億万長者《おくまんちょうじゃ》じゃね⁉

……でも、俺《おれ》は気《き》づいてしまった。

銀行《ぎんこう》でお金《かね》を預《あず》けた帰《かえ》り道《みち》。

昔通《むかしかよ》ってた空手道場《からてどうじょう》の前《まえ》で、足《あし》が止《と》まった。「そういえばマナって、入門《にゅうもん》したときから強《つよ》かったな〜」なんて、そんな思《おも》い出《で》がよみがえったわけじゃない。道場《どうじょう》の窓《まど》には「闘志《とうし》を燃《も》やせ‼」という言葉《ことば》の横《よこ》に、月謝《げっしゃ》の値段《ねだん》が内側《うちがわ》からテープで張《は》られてる。で、よく見《み》たら……月謝《げっしゃ》の値段《ねだん》が変《か》わってたんだ。

俺《おれ》がいたときは、小学生《しょうがくせい》は5000円《えん》。なのに今《いま》は6000円《えん》。以前《いぜん》の「5」の跡《あと》が、まだ窓《まど》に残《のこ》ってる。はっとして、俺《おれ》は隣《となり》のみっくんに尋《たず》ねる。

「最近《さいきん》、景気《けいき》とかモノの値段《ねだん》とか教《おし》えてくれてたよな？　常《つね》に動《うご》いてるって。

ってことは、俺《おれ》が今《いま》ためてるお金《かね》って将来《しょうらい》、今《いま》より価値《かち》が低《ひく》くなることもあんの？　モノの値段《ねだん》が、あの月謝《げっしゃ》みたいに上《あ》がったら、今《いま》のお金《かね》は今《いま》の価値《かち》じゃなくなるというか……」

「あ～気《き》づいちゃった？」

いたずらっぽく笑《わら》う、みっくん。

「ヒナタの言《い》うとおり、モノの値段《ねだん》は上《あ》がり下《さ》がりするね。景気《けいき》がよほど落《お》ち込《こ》むなんかしない限《かぎ》り、上《あ》がると考《かんが》えた方《ほう》がいいかな？　で、思《おも》い出《だ》してほしいのは銀行《ぎんこう》の利子《りし》の話《はなし》ね」

「利子《りし》って……通帳《つうちょう》の10万円《まんえん》には、俺《おれ》がもらったことを忘《わす》れてる間《あいだ》に5円《えん》の利《り》子《し》がついてて……」

俺《おれ》は「あ！」と声《こえ》を漏《も》らした。

「つまり預《あず》けてても利子《りし》はそんなもんだから、その間《あいだ》にモノの値段《ねだん》がどんどん上《あ》がってったら、焼《や》け石《いし》に水《みず》!?」

「だよね〜♥」

たちまち「待《ま》てよ!!　お金《かね》ためろって言《い》ったのみっくんだぜ!?　価値《かち》が減《へ》るって……俺《おれ》ハメられた!?」とパニックな俺《おれ》。でもみっくんは「お金《かね》をためるのは大《たい》切《せつ》だよ。前《まえ》に資産形成《しさんけいせい》って言葉《ことば》を使《つか》ったの覚《おぼ》えてる?　難《むずか》しく言《い》うと、お金《かね》をためるのは──貯蓄《ちょちく》は資産形成《しさんけいせい》の手段《しゅだん》の一《ひと》つね」と涼《すず》しい顔《かお》。

「でもね、それだけで大丈夫《だいじょうぶ》というわけでもない。そこで『投資《とうし》』という手段《しゅだん》が選択肢《せんたくし》に上《あ》がってくるんだ」

トウシ……道場《どうじょう》の窓《まど》に貼《は》られた「闘志《とうし》」の文字《もじ》が、俺《おれ》の心《こころ》を震《ふる》わせる。

「お金《かね》と闘《たたか》うのか!?　上等《じょうとう》だ!!」

「あ〜全然違《ぜんぜんちが》うかな〜」

俺《おれ》の言葉《ことば》をさらっとスルーすると、みっくんは続《つづ》けた。

「投資《とうし》はね、早《はや》い話《はなし》、お金《かね》に働《はたら》いてもらうことだよ」

何《なに》それ!?　早《はや》く続《つづ》きを教《おし》えて!!

投《とう》資《し》
闘《とう》志《し》

ことば

投資《とうし》①

2024年《ねん》9月《がつ》現在《げんざい》、銀行《ぎんこう》にお金《かね》を預《あず》けた場合《ばあい》の利子《りし》の率《りつ》（金利《きんり》）は、大手《おおて》の銀行《ぎんこう》で年《ねん》0・1%ほどです（普通預金《ふつうよきん》）。10万円《まんえん》を預《あず》けて、1年《ねん》で100円《えん》の利子《りし》しかもらえません。このためモノやサービスの値段《ねだん》が上《あ》がると、預《あず》けたお金《かね》の価値《かち》は事実上《じじつじょう》、目減《めべ》りします。お金《かね》をためることは資産《しさん》形成《けいせい》の大切《たいせつ》な手段《しゅだん》ですが、それだけで大丈夫《だいじょうぶ》とは必《かなら》ずしも言《い》えません。そこで「投資《とうし》」があります。詳《くわ》しくは次《つぎ》の物語《ものがたり》で紹介《しょうかい》します。

20

ぶっ込《こ》めばＯＫ!?

「今《いま》はケンカより投資《とうし》の話《はなし》だ!!」

俺《おれ》は叫《さけ》ぶ。

前回《ぜんかい》、昔通《むかしかよ》ってた空手道場《からてどうじょう》の前《まえ》で、月謝《げっしゃ》が上《あ》がってたのを見《み》つけたところで、なんだかんだで投資《とうし》の話《はなし》になったろ？　投資《とうし》ってのは「お金《かね》に働《はたら》いてもらう」ってことらしい。

で、話《はなし》の先《さき》を急《いそ》ぎたい、こんなときに限《かぎ》って……。

「あれヒナタ？　戻《もど》ってくるの？」

マナが現《あらわ》れたんだ。これから練習《れんしゅう》らしい。

「いや、そうじゃなくて……」と俺《おれ》が答《こた》えようとすると「また君《きみ》？」と、みっくんがため息《いき》。マナはマナで「あんたも入門《にゅうもん》する？　ぶっ倒《たお》すよ？」とバチバチ。

だから俺《おれ》は二人《ふたり》の間《あいだ》で、さっきみたいに叫《さけ》んだんだ。

そしたら、だ。

「投資《とうし》？　お金《かね》に働《はたら》いてもらうやつ？　うちの親《おや》も株《かぶ》やってるよ？」

マナがみっくんみたいなことを言《い》い出《だ》した。

けど……カブって何《なに》？　大《おお》きなカブ？　ぽかんとする俺《おれ》に「投資《とうし》の一《ひと》つだよ」

と、みっくんが続《つづ》けた。

「詳《くわ》しくはまた説明《せつめい》するけど、株《かぶ》……正式《せいしき》には『株式《かぶしき》』は、会社《かいしゃ》が事業《じぎょう》をするのに必要《ひつよう》なお金《かね》を出《だ》した人《ひと》に——投資《とうし》した人《ひと》に発行《はっこう》するものなんだ。出《だ》したお金《かね》の分《ぶん》だけもらえるよ。でね、株《かぶ》は売《う》り買《か》いできて、安《やす》く買《か》って高《たか》く売《う》ったらもうけられる。あと株《かぶ》を持《も》ってると、会社《かいしゃ》のもうけの一部《いちぶ》をもらうこともある。要《よう》するに、ためるより効率的《こうりつてき》にお金《かね》を増《ふ》やせるってことね」

「お金《かね》に働《はたら》いてもらうって……お金《かね》を使《つか》ってお金《かね》を増《ふ》やすってこと？」

「そうそう!!」

みっくんとマナの声《こえ》が重《かさ》なる。思《おも》わず「いつもそれくらい仲良《なかよ》くしろ!!」と突《つ》っ込《こ》みたくなったけど、今《いま》は我慢《がまん》。代《か》わりに、俺《おれ》は「じゃあ株《かぶ》にお金《かね》をぶっ込《こ》んだら、安心《あんしん》ってわけだ?」と尋《たず》ねる。

ところが、みっくんは「それは違《ちが》うかな〜?」と、にやり。

「売《う》り買《か》いできるってことは、損《そん》もある。もうけの一部《いちぶ》をもらえるってことは、もうけがないともらえないこともある。もちろん会社《かいしゃ》だから潰《つぶ》れることもある。そしたら株《かぶ》は無価値《むかち》になる」

「はあ!?　投資《とうし》やべーじゃん!!」

「世《よ》の中《なか》に絶対安心《ぜったいあんしん》はないよ。リターン、つまり見返《みかえ》りに応《おう》じて必《かなら》ずリスク、つまり先《さき》が見《み》えない不確実性《ふかくじつせい》なんかがある。もちろん投資《とうし》は選択肢《せんたくし》の一《ひと》つだから、やらなくてもいい。ただ最初《さいしょ》の話《はなし》に戻《もど》ると、銀行《ぎんこう》に預《あず》けてるお金《かね》は、価値《かち》が減《へ》ることもあるよね?」

涼《すず》しい顔《かお》で話《はな》す、みっくん。言《い》いたいことはなんとなく分《わ》かるけど……。

納得《なっとく》しきれない俺《おれ》に「とりあえず、投資《とうし》がどんなものか学《まな》んだら？」と声《こえ》をかけてくれたのはマナだった。「それから自分《じぶん》で判断《はんだん》したら？」

「前《まえ》にね、私《わたし》が空手習《からてなら》おうか道場《どうじょう》の前《まえ》で——ここで迷《まよ》ってたら『見学《けんがく》してけば？何《なに》も知《し》らないで決《き》めて後悔《こうかい》するとか、一番《いちばん》だせーぞ？』って声《こえ》をかけてくれた人《ひと》がいたんだ……」

言《い》うと、マナは「じゃあ練習《れんしゅう》あるから」と足早《あしばや》に道場《どうじょう》に入《はい》っていった。

マナの言《い》う通《とお》りだ。今《いま》すぐ投資《とうし》を始《はじ》めなきゃダメなわけでもないしな。

ていうか、マナに声《こえ》かけたの誰《だれ》？

「一番《いちばん》だせーぞ」って、そのセリフが一番《いちばん》だせー‼　……って、あれ？　身《み》に覚《おぼ》えがあるようなないような……。記憶《きおく》をたどる俺《おれ》の隣《となり》で、みっくんは「あざとい子《こ》だな～」と鼻《はな》で笑《わら》っていた。

ことば

投資《とうし》②

投資《とうし》とは、利益《りえき》を見込《みこ》んで株式《かぶしき》などにお金《かね》を出《だ》すことです。ただし投資《とうし》には、リターンに応《おう》じてリスクがあります。一般的《いっぱんてき》に、適度《てきど》なリターンであればリスクは適度《てきど》です。しかし大《おお》もうけを考《かんが》えれば、大損《おおぞん》の可能性《かのうせい》もあります。うまい話《はなし》はだいたい詐欺《さぎ》です。投資《とうし》はお金《かね》も気持《きも》ちも、余裕《よゆう》をもってするのがよいといわれます。なお一部《いちぶ》の投資《とうし》は、保護者《ほごしゃ》の管理下《かんりか》であれば、子《こ》どもも行《おこな》えます。

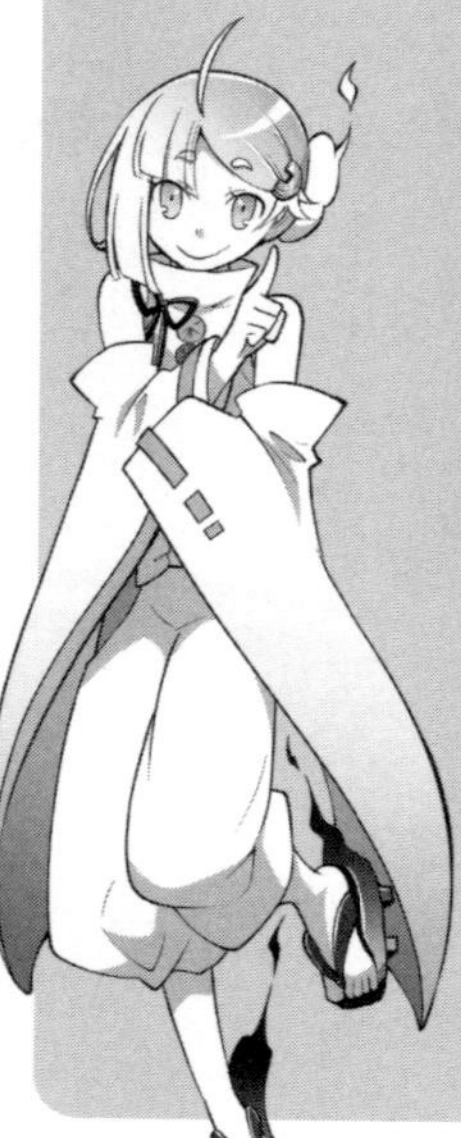

21

悔《くや》しさの正体《しょうたい》は!?

イケメンなら何《なん》でもありか?

「おにわ童子《どうじ》」は、もう知《し》ってるよな? 庭仕事《にわしごと》をイメージした5人組《にんぐみ》の男性《だんせい》アイドルグループで、みっくんさえドハマり中《ちゅう》な、今一番《いまいちばん》の人気者《にんきもの》だ。

んで今日《きょう》、「おにわ童子《どうじ》」の新曲《しんきょく》「無農薬《むのうやく》な君《きみ》へ」が発売《はつばい》されたんだ。

みっくんなんか、発売前《はつばいまえ》から先行配信《せんこうはいしん》の動画《どうが》で振《ふ》り完《かん》コピ。でも俺的《おれてき》には、相変《あいか》わらず「ないわ〜」。

とはいえ、気《き》になることが一《ひと》つだけあった。

放課後《ほうかご》、母《かあ》ちゃんに買《か》い物《もの》を頼《たの》まれて、駅前《えきまえ》に寄《よ》ったとき。ビルの大型《おおがた》ビジョンに新曲《しんきょく》の宣伝《せんでん》が流《なが》れ、最後《さいご》にレコード会社《がいしゃ》の名前《なまえ》が出《で》てきたんだ。

「なあ、みっくん。株《かぶ》ってさ、値段《ねだん》が上《あ》がり下《さ》がりするんだよな？」

前回《ぜんかい》、投資《とうし》を勉強《べんきょう》していくことを決《き》めた俺《おれ》。あんとき、みっくんがさらっと株《かぶ》のこと教《おし》えてくれたろ？　だから俺《おれ》、聞《き》いてみたくなったんだ。

「『おにわ童子《どうじ》』の新曲《しんきょく》を出《だ》したレコード会社《がいしゃ》の株《かぶ》って、値上《ねあ》がりする？」

「いいとこに目《め》をつけたね♥」

一日中《いちにちじゅう》、俺《おれ》の隣《となり》で新曲《しんきょく》を口《くち》ずさみながら踊《おど》ってたみっくんは、そこでようやく踊《おど》るのをやめた。「答《こた》えの前《まえ》に、株《かぶ》のことをもう少《すこ》し話《はな》すね」

「会社《かいしゃ》にはいくつか種類《しゅるい》があって、その一《ひと》つが株式会社《かぶしきがいしゃ》。株式会社《かぶしきがいしゃ》がお金《かね》を集《あつ》めるときに発行《はっこう》するのが株式《かぶしき》……株《かぶ》ね。で、株《かぶ》は一般的《いっぱんてき》に株式《かぶしき》市場《しじょう》で売買《ばいばい》されるんだ。値段《ねだん》はそこで日々《ひび》動《うご》いてて、基本《きほん》は前《まえ》に話《はな》した需要《じゅよう》と供給《きょうきゅう》ね。買《か》いたい人《ひと》が多《おお》いと高《たか》くなり、売《う》りたい人《ひと》が多《おお》いと安《やす》くなる。じゃあ、ヒナタならどんな株《かぶ》を買《か》いたい？」

「そりゃ、もうかる株《かぶ》だろ？」

「もうかる株《かぶ》って？」

「株《かぶ》持《も》ってると会社《かいしゃ》のもうけの一部《いちぶ》をもらえるって話《はなし》だったよな？　なら、もうけがいっぱい出《で》る会社《かいしゃ》だろ？」

「正解《せいかい》!!」と、みっくん。でもすぐに「あくまで原則《げんそく》だけどね」と続《つづ》く。

「もうかってても、例《たと》えばそれ以上《いじょう》に失敗《しっぱい》の可能性《かのうせい》があったら？　株《かぶ》の値段《ねだん》には、いろんなものが絡《から》むんだ」

「単純《たんじゅん》じゃないってことか……」

「でも、ヒナタはさえてるよ」

みっくんは笑《わら》ってみせる。そして「あれ」と指《ゆび》さす先《さき》には「のばら証券《しょうけん》」って看板《かんばん》のビル。見《み》ると窓際《まどぎわ》にモニターが置《お》かれ、会社《かいしゃ》の名前《なまえ》がいくつも浮《う》かび、その下《した》に数字《すうじ》。「＋」や「－」もある。「株《かぶ》の売《う》り買《か》いのとき、間《あいだ》に入《はい》るのが証券会社《しょうけんがいしゃ》ね」と、みっくん。

「で、あの数字《すうじ》はね、今日《きょう》のいろんな会社《かいしゃ》の株《かぶ》の値段《ねだん》。あと昨日《きのう》の値段《ねだん》との差《さ》も表示《ひょうじ》されてるよ」
言《い》われて、俺《おれ》はレコード会社《がいしゃ》の名前《なまえ》を探《さが》す。会社《かいしゃ》が多《おお》すぎて一度《いちど》には表示《ひょうじ》さ
れず、待《ま》つこと数分《すうふん》。現《あらわ》れた会社名《かいしゃめい》の下《した》には、はっきり「+」が見《み》えた。
「今日値上《きょうねあ》がりだね。しかも……」
みっくんの目《め》が、駅《えき》ビルの大型《おおがた》ビジョンに向《む》けられる。
画面《がめん》はニュースに変《か》わってて、レコード会社《がいしゃ》の利益《りえき》が過去最大《かこさいだい》って伝《つた》えてた。
おかげで株《かぶ》の値段《ねだん》は、ここんとこ爆上《ばくあ》げ中《ちゅう》らしい。
俺《おれ》の勘《かん》すげーな、おい。
自分《じぶん》で自分《じぶん》を褒《ほ》めたくなる。
けど、よく考《かんが》えたら、すげーのは俺《おれ》じゃなくて「おにわ童子《どうじ》」。イケメンま
じやべー。そして……なんか微妙《びみょう》に悔《くや》しい。
複雑《ふくざつ》な思《おも》いの俺《おれ》をよそに、みっくんは「ぼくの庭《にわ》で咲《さ》いてごらん?」と再《ふたた》び
新曲《しんきょく》を口《くち》ずさみ、踊《おど》り始《はじ》めていた。

おにわ童子《どうじ》 ニューシングル 発売《はつばい》
のりば

ことば

株式《かぶしき》（株《かぶ》）

株式会社《かぶしきがいしゃ》が、さまざまな事業《じぎょう》を行《おこな》うお金《かね》を集《あつ》めるにあたり、お金《かね》を出《だ》してくれた人《ひと》に発行《はっこう》するのが株式《かぶしき》（株《かぶ》）です。株《かぶ》は株式市場《かぶしきしじょう》で売買《ばいばい》されます。株式市場《かぶしきしじょう》には、東京証券取引所《とうきょうしょうけんとりひきじょ》の「プライム市場《しじょう》」などがあります。日本《にっぽん》では通常《つうじょう》、１００株単位《かぶたんい》で売買《ばいばい》されます。なお会社《かいしゃ》の株《かぶ》を市場《しじょう》で売買《ばいばい》できるようにすることを「上場《じょうじょう》」といいます。会社《かいしゃ》は証券取引所《しょうけんとりひきじょ》の定《さだ》める条件《じょうけん》をクリアする必要《ひつよう》があります。

22

どうして こんな目《め》に!?

「はあ!?　俺《おれ》が!?」

俺《おれ》は思《おも》わず大声《おおごえ》を出《だ》してしまった。

たちまち、クラスの男子《だんし》から「ヒナタがんばれよ～」と冷《ひ》やかしの声《こえ》が上《あ》がる。

やがて、ぱらぱらと拍手《はくしゅ》が鳴《な》って学級会《がっきゅうかい》は終《お》わった。

今期《こんき》の学級委員決《がっきゅういいんぎ》めで、まさかの俺《おれ》が選《えら》ばれるというハプニング。

うちの学校《がっこう》は各《かく》クラス1人《ひとり》、上期《かみき》と下期《しもき》に学級委員《がっきゅういいん》を選《えら》ぶんだ。んで基本《きほん》、手《て》を挙《あ》げるやつはあんまいないから、おのおのよさげなやつの名前《なまえ》を書《か》いて投票《とうひょう》って形《かたち》になる。ちなみに上期《かみき》は当然《とうぜん》のように、勉強《べんきょう》も運動《うんどう》も得意《とくい》なマナが選《えら》ばれ、きちんとこなしてた。

なのに、その次《つぎ》が俺《おれ》って……。

絶対《ぜったい》、みんなおもしろがって俺《おれ》に入《い》れたろ!? ていうか学級委員《がっきゅういいん》とか超面倒《ちょうめんどう》くせー!!

とはいえ、多数決《たすうけつ》で決《き》まったものを覆《くつがえ》しようもない。

「あ〜だり〜」

休《やす》み時間《じかん》、がっくりうなだれる俺《おれ》に「そういえば……」と、みっくんが笑顔《えがお》で話《はな》しかけてきた。

「前《まえ》の株《かぶ》の説明《せつめい》で一《ひと》つ忘《わす》れてた。株《かぶ》を持《も》つ人《ひと》をね、株主《かぶぬし》っていうんだ」

「あ〜そういう話《はなし》、後《あと》にして。俺今《おれいま》、テンションだだ下《さ》がりなんだ」

うるさがる俺《おれ》。けど、みっくんは「株主《かぶぬし》は会社《かいしゃ》にお金《かね》を出《だ》してる——投資《とうし》してるでしょ? だから会社《かいしゃ》の方針《ほうしん》にタッチできるんだ」と構《かま》わず続《つづ》ける。

「株主総会《かぶぬしそうかい》っていう株主《かぶぬし》の集《あつ》まりがあってね、例《たと》えばそこで社長《しゃちょう》なんかが決《き》まるんだけど、その投票《とうひょう》ができるんだよ。決《き》め方《かた》は多数決《たすうけつ》ね」

どうやら学級会《がっきゅうかい》の投票《とうひょう》つながりで、そのへんを思《おも》い出《だ》したみたいだ。

ならいっそ、決《き》まったことを覆《くつがえ》す方法《ほうほう》でも、あるなら教《おし》えてほしいもんだ……と思《おも》ってたら「ただし株主総会《かぶぬしそうかい》は1人《ひとり》1票《ぴょう》じゃないんだよね～」と、みっくんが意味《いみ》ありげに、にやりと笑《わら》った。

「持《も》ってる株《かぶ》の数《かず》——投資《とうし》してるお金《かね》で票数《ひょうすう》が変《か》わるんだ。多《おお》く株《かぶ》を持《も》ってるほど票数《ひょうすう》が増《ふ》えるってことね」

「おお‼　すげーなお金《かね》の力《ちから》」

お金《かね》をいっぱい出《だ》してんだ。その分《ぶん》だけ、そりゃ声《こえ》も大《おお》きくなるよな。

あ～学級会《がっきゅうかい》も1人《ひとり》1票《ぴょう》じゃなくてそういうのだったら、俺《おれ》もこんな目《め》にあわなかったのかも。テストの点《てん》がいいほど票数《ひょうすう》が……って、そしたら俺《おれ》、ほぼ0票《ひょう》か？　いやでも、足《あし》が速《はや》いとか、そういう系《けい》なら自信《じしん》あるぜ？

「ヒナタ、今暇《いまひま》でしょ？　引《ひ》き継《つ》ぎやっちゃおうか？」

妄想《もうそう》に走《はし》る俺《おれ》を、マナの声《こえ》が現実《げんじつ》に引《ひ》き戻《もど》した。

マナは学級委員《がっきゅういいん》のノートを片手《かたて》に「たいしたことじゃないよ」と笑《わら》ってみせる。

俺《おれ》は「マナにはたいしたことなくても、俺《おれ》には一大事《いちだいじ》なんだよ‼」を唇《くちびる》をとがらせた。

「言《い》っとくけど、俺《おれ》まじ物覚《ものおぼ》えとか要領《ようりょう》とか悪《わる》いからな」

「知《し》ってる。だから丁寧《ていねい》に教《おし》える」

早速《さっそく》ノートを開《ひら》くマナに、当然《とうぜん》みっくんが黙《だま》っているはずもなく「そりゃ丁寧《ていねい》になるよね～。貴重《きちょう》な2人《ふたり》だけの時間《じかん》だもんね～」と間《あいだ》に入《はい》ってくる。

「……うるさい‼」

「うるさいのはそっちでしょ？」

いつもの言《い》い争《あらそ》いが始《はじ》まる中《なか》、俺《おれ》はただ、ため息《いき》をもらすしかなかった。

この2人《ふたり》さえうまくまとめらんないのに、クラス全体《ぜんたい》をまとめるなんて、やっぱ俺《おれ》には無理《むり》だって……。

おめでとう!
学級《がっきゅう》日誌《にっし》

ことば

株主《かぶぬし》

株《かぶ》を持《も》っている人《ひと》を、株主《かぶぬし》といいます。株主《かぶぬし》には、会社《かいしゃ》のもうけの一部《いちぶ》である「配当金《はいとうきん》」をもらうなどの権利《けんり》があります。株主《かぶぬし》の集《あつ》まりである「株主《かぶぬし》総会《そうかい》」に参加《さんか》し、投票《とうひょう》する権利《けんり》もあります。「議決権《ぎけつけん》」といわれます。株主《かぶぬし》総会《そうかい》では、社長《しゃちょう》を誰《だれ》にするのかなどが決《き》められます。票《ひょう》は1人《ひとり》1票《ぴょう》ではなく、持《も》っている株《かぶ》の数《かず》に応《おう》じて決《き》まります。

23

俺《おれ》んち、もしかして!?

店番《みせばん》やってると、ふと怖《こわ》くなる。

お客《きゃく》さんがいない、俺一人《おれひとり》のときだ。

幽霊《ゆうれい》……なんて話《はなし》じゃない。お客《きゃく》さんがいない、つまり何《なに》も売《う》れないってことは利益《りえき》ゼロ。文房具屋《ぶんぼうぐや》の息子《むすこ》として、これは超怖《ちょうこわ》い。うち大丈夫《だいじょうぶ》か？

その日《ひ》、俺《おれ》が学校《がっこう》から帰《かえ》ると、母《かあ》ちゃんは買《か》い物《もの》に出《で》かけた。その間《あいだ》、俺《おれ》が店番《みせばん》ね。んでお客《きゃく》さんが誰《だれ》も来《こ》ないまま、1時間後《じかんご》に母《かあ》ちゃん帰宅《きたく》。だから俺《おれ》、思《おも》い切《き》って聞《き》いてみたんだ。

「うちって、投資《とうし》してんの？」

俺《おれ》、投資《とうし》の勉強始《べんきょうはじ》めたろ？　だから俺《おれ》なりに考《かんが》えたんだ。うちって商品《しょうひん》が売《う》れなくても困《こま》んないくらい、投資《とうし》でもうけてんのかも……ってね。そしたら母《かあ》ちゃん「何《なに》よ急《きゅう》に⁉」と不審《ふしん》げだったけど、やがてこう答《こた》えたんだ。

「国債《こくさい》っていうの？　国《くに》にお金《かね》を貸《か》すやつ？　あれをね、お父《とう》さんがいくらか分持《ぶんも》ってるよ、確《たし》か」

く……国《くに》にお金《かね》を貸《か》す⁉　うちは国《くに》を裏《うら》で操《あやつ》る悪《あく》の組織《そしき》だったのか⁉

ぎょっとする俺《おれ》に「牛乳買《ぎゅうにゅうか》い忘《わす》れたから2本買《ほんか》ってきて」と母《かあ》ちゃんが500円玉《えんだま》を渡《わた》す。

悪《あく》の組織《そしき》が……牛乳《ぎゅうにゅう》⁉

当然《とうぜん》、俺《おれ》は店《みせ》を出《で》るなり、みっくんに尋《たず》ねた。

「あれ母《かあ》ちゃんのうそだよな⁉　うち悪《あく》の組織《そしき》じゃねーよな⁉」

「あ〜国債《こくさい》？　うそじゃないと思《おも》うよ。もちろん悪《あく》の組織《そしき》でもない」

みっくんは「債券《さいけん》っていって、お金《かね》を借《か》りた側《がわ》が発行《はっこう》する借金《しゃっきん》の証明書《しょうめいしょ》みたいなものがあって、国《くに》の場合《ばあい》、それを国債《こくさい》っていうんだ」と続《つづ》ける。

「国債《こくさい》って普通《ふつう》に売《う》ってる商品《しょうひん》なんだよ。つまり、普通《ふつう》に国《くに》にお金《かね》を貸《か》せる。でね、銀行《ぎんこう》の話《はなし》のときに、お金《かね》を貸《か》したら利子《りし》を上乗《うわの》せして返《かえ》してもらうって、ぼく言《い》ったよね？　早《はや》い話《はなし》、国債《こくさい》にも利子《りし》がつくんだ。だから投資《とうし》の一《ひと》つでもあるんだよね～」

国《くに》にお金《かね》を貸《か》して投資《とうし》……確《たし》かに俺《おれ》が「投資《とうし》やってんの？」って母《かあ》ちゃんに聞《き》いたから、この話《はなし》になったんだけど……。

いまいち理解《りかい》できないでいると「駅前《えきまえ》の銀行《ぎんこう》は遠《とお》いし、買《か》い物帰《ものがえ》りに郵便局《ゆうびんきょく》行《い》く？　郵便局《ゆうびんきょく》でも国債扱《こくさいあつか》ってるよ」と、みっくんが誘《さそ》ってくれた。

そこで俺《おれ》はショッピングセンターにダッシュ。牛乳《ぎゅうにゅう》を手《て》に入《い》れ郵便局《ゆうびんきょく》へ。そしたら……確《たし》かに国債《こくさい》は売《う》ってた。でっかいポスターまで張《は》られてて、１口《くち》１万円《まんえん》から買《か》えるとある。

「前《まえ》に話《はな》した通《とお》り、リターンに応《おう》じてリスクがある。国債《こくさい》は株《かぶ》なんかに比《くら》べてリターンは少《すく》ないけどね、国《くに》が発行《はっこう》してる分《ぶん》リスクも少《すく》ないんだよ」

郵便局《ゆうびんきょく》を出《で》て、家《いえ》に帰《かえ》る道々《みちみち》、みっくんが教《おし》えてくれた。

「確《たし》かに、会社《かいしゃ》より国《くに》の方《ほう》が超強《ちょうつよ》そうだよな～」

「国《くに》は国債《こくさい》を売《う》って得《え》たお金《かね》で、税金《ぜいきん》の足《た》りない分《ぶん》を補《おぎな》うなんかしてるんだ。ちなみに一般《いっぱん》の人《ひと》に身近《みぢか》なのは『個人向《こじんむ》け国債《こくさい》』で、他《ほか》にもいろいろあるんだけど、今《いま》はま～いいか」

家《いえ》に帰《かえ》り着《つ》くと、俺《おれ》は「ただいま」と店《みせ》をのぞいてみる。低学年《ていがくねん》の顔《かお》なじみや近所《きんじょ》の常連《じょうれん》さんなんかがけっこういて、ほっと胸《むね》をなで下《お》ろす俺《おれ》。

リターンの少《すく》ない国債《こくさい》くらいしか投資《とうし》してない我《わ》が家《や》だ。お客《きゃく》さんに来《き》てもらわなきゃ、まじやべーだろ？

それに……こんなほのぼのした悪《あく》の組織《そしき》は、たぶんない。

よかった、悪《あく》の組織《そしき》じゃなくて……。

悪《あく》

ことば

債券《さいけん》

国《くに》や会社《かいしゃ》などが、お金《かね》を借《か》りるために発行《はっこう》するものです。このうち国《くに》が発《はっ》行《こう》するものを「国債《こくさい》」といいます。国債《こくさい》は一部《いちぶ》を除《のぞ》き、買《か》うと半年《はんとし》に1度《ど》利《り》子《し》をもらえます。また「満期《まんき》」になると、最初《さいしょ》に買《か》ったときのお金《かね》（元本《がんぽん》）が減《へ》ることなく戻《もど》ってきます（償還《しょうかん》）。現在《げんざい》、日本《にっぽん》の国債《こくさい》（普通国債《ふつうこくさい》）の発《はっ》行残高《こうざんだか》は1000兆円《ちょうえん》を超《こ》えています。

24

みっくんチョイス!?

親《おや》が買《か》ってくる服《ふく》は、なんか微妙《びみょう》にだせー。

これ、小学生《しょうがくせい》あるあるだよな?

だから最近《さいきん》は「そろそろ服買《ふくか》わないとな〜」って、ときどき母《かあ》ちゃんに相談《そうだん》して、母《かあ》ちゃんから「じゃあ、これで買《か》ってきなさい」って小遣《こづか》いとはべつにお金《かね》をもらって、自分《じぶん》で服《ふく》を買《か》いに行《い》く感《かん》じだ。

とはいえ俺《おれ》、おしゃれってほどには服《ふく》にこだわりがなくて、なんなら「このお金《かね》もらいたいな〜」って思《おも》うくらいだ。

まーレシート付《つ》けておつりを母《かあ》ちゃんに返《かえ》さなきゃだから、普通《ふつう》に無理《むり》な話《はなし》なんだけどな。

……というわけで日曜日《にちようび》。

俺《おれ》は母《かあ》ちゃんにもらった3000円《えん》を握《にぎ》りしめ、近所《きんじょ》のショッピングセンターに入《はい》ってる「ユノシロ」で服《ふく》を見《み》て回《まわ》った。

みっくんはといえば「これ似合《にあ》うよ‼」とか何《なん》とか、うきうきで服《ふく》を薦《すす》めてくるんだけど……これがさ、超《ちょう》ヤバいんだ。悪《わる》い意味《いみ》で。

だって、さっきなんか「絶対《ぜったい》これだよ‼　ヒナタに似合《にあ》うのはこれ‼」って全《ぜん》身黄色《しんきいろ》を薦《すす》めてきたんだぜ。

……俺《おれ》はインコか？

俺《おれ》は「あ～そうだな～」とか何《なん》とか、てきとうに相手《あいて》をしながら、結局《けっきょく》は店先《みせさき》のマネキンに着《き》せてあるものを見《み》て、同《おな》じものをチョイスする。

これが一番安全《いちばんあんぜん》だろ？

店員《てんいん》さんが――プロがトータルで選《えら》んでんだもん。値段《ねだん》も買《か》い手《て》のことを考《かんが》えてか、手《て》ごろな感《かん》じに抑《おさ》えてあるしな。

「そういう選択《せんたく》もありだよね〜」

さっさと選《えら》んでレジに向《む》かおうとする俺《おれ》に、なぜかみっくんがうなずいてみせる。んだよ、分《わ》かったような口《くち》で。俺《おれ》の冷《つめ》たい視線《しせん》に、だけどみっくんは気《き》にする様子《ようす》もなく「投資《とうし》にも、そういうのがあるよ」と言《い》い出《だ》した。

「投資信託《とうししんたく》っていうんだけど、みんなから集《あつ》めたお金《かね》を一《ひと》つの大《おお》きな資金《しきん》にしてね、専門家《せんもんか》がたくさんの株《かぶ》や債券《さいけん》に分《わ》けて投資《とうし》してくれるんだ」

「プロにお任《まか》せってこと?」

「投資信託《とうししんたく》って一口《ひとくち》に言《い》っても商品《しょうひん》はいろいろで、どれにするかを選《えら》ぶのは、最終的《さいしゅうてき》には自分《じぶん》だけどね」

「リターンとリスクを見極《みきわ》めながら……だろ?」

「そうそう、さすがヒナタ!! だから投資信託《とうししんたく》は、自分《じぶん》で株《かぶ》や債券《さいけん》を一《ひと》つずつ見極《みきわ》めていくよりは……って感《かん》じじゃないかな?」

要《よう》するに、投資信託《とうししんたく》ってのは基本《きほん》、すげーおしゃれになれるわけじゃないけど、ほどほどのおしゃれにはなれる、プロがチョイスしたトータルコーディネートって感《かん》じなんだろう。

おしゃれもそうだけど、投資《とうし》も全然《ぜんぜん》分《わ》かってねー俺《おれ》がもし始《はじ》めるなら、そういうのからかもな……なんて、俺《おれ》がぼんやり考《かんが》えていた、そのとき。

「ねねね、あれは？　あのニット可愛《かわい》くない？　あれにさっきぼくがお薦《すす》めした黄色《きいろ》を合《あ》わせたら、ヒナタの魅力《みりょく》がますます上《あ》がるんじゃない？」

みっくんが指《ゆび》さしてるのは、緑色《みどりいろ》の薄手《うすで》のニットだった。

単品《たんぴん》ならそんなに悪《わる》くない。可愛《かわい》いっちゃ可愛《かわい》い。

けど、さっきの黄色《きいろ》に合《あ》わせたら……俺《おれ》ますますインコじゃねーか!!

「……お、おう。じゃあ次来《つぎき》たとき考《かんが》えるわ」と軽《かる》く流《なが》し、速攻《そっこう》でレジに並《なら》ぶ俺《おれ》。だって、このまま店《みせ》にいたら、まじでインコにされそうだもん!!

カカッ

ことば

投資信託《とうししんたく》

おおぜいの人《ひと》から集《あつ》めたお金《かね》を一《ひと》つにまとめ、投資《とうし》の専門家《せんもんか》である運用会《うんようがい》社《しゃ》がさまざまな株《かぶ》や債券《さいけん》などに分《わ》けて投資《とうし》し、そこで得《え》られた利益《りえき》を、それぞれ出《だ》したお金《かね》に応《おう》じて分《わ》け合《あ》う商品《しょうひん》です。少《すく》ない金額《きんがく》から始《はじ》められることや、プロに任《まか》せられることなどが利点《りてん》とされます。しかし、だからといってリスクが存在《そんざい》しないわけではありません。

25

友達《ともだち》をバカにすんな!?

「お～ヒナタ、子《こ》どものうちからお金《かね》のこと考《かんが》えてると、ろくな大人《おとな》にならないぜ？　うちの親《おや》言《い》ってたもん」

放課後《ほうかご》、公園《こうえん》で遊《あそ》んでるとき、クラスメートから言《い》われた言葉《ことば》だ。

俺《おれ》は「あ？」とキレそうになった。

ひょんなことから貧乏神《びんぼうがみ》――みっくんと「友達《ともだち》」になった俺《おれ》。以来《いらい》、お金《かね》を失《うしな》うことを知《し》り尽《つ》くす、みっくんならではの「お金《かね》との上手《じょうず》な付《つ》き合《あ》い方《かた》」を教《おし》えてもらってる。

お金《かね》のため方《かた》、増《ふ》やし方《かた》、経済《けいざい》……知《し》らないことを知《し》るのは、けっこうおもしろい。

そんな俺《おれ》だから、最近《さいきん》は小遣《こづか》いを大切《たいせつ》にしてる。その日《ひ》も、みんながジュースを買《か》って飲《の》む中《なか》、俺《おれ》は家《いえ》から持《も》ってきた水筒《すいとう》の水《みず》を飲《の》んでた。「お金《かね》ためてるから」って。そしたら、さっきの言葉《ことば》が飛《と》び出《だ》してきたんだ。

なんか……みっくんをバカにされたみたいで、すげー腹《はら》が立《た》った。

「じゃあ俺《おれ》、帰《かえ》るわ」

いつもなら最後《さいご》まで遊《あそ》び尽《つ》くすけど、そんなこんなで俺《おれ》は頃合《ころあ》いを見《み》てフェードアウト。帰《かえ》り道《みち》、俺《おれ》はみっくんに「さっきの、ごめんな」と謝《あやま》る。

「え？　何《なに》が？」

俺《おれ》の隣《となり》で首《くび》をかしげる、みっくん。

「ほら、お金《かね》のこと考《かんが》えてると……ってやつ。俺《おれ》のクラスメートが……」

「ヒナタが謝《あやま》ることじゃないよ～。ま～ヒナタが言《い》ったんなら、呪《のろ》って借金《しゃっきん》10兆円《ちょうえん》くらい背負《せお》わせて……」

みっくんが、いや～な笑《え》み。

「呪《のろ》うな!! 俺《おれ》ら友達《ともだち》だろ!?」

みっくんは俺《おれ》と、俺《おれ》の友達《ともだち》で霊感《れいかん》が強《つよ》いマナ以外《いがい》には見《み》えない。だから他人《たにん》が見《み》たら、俺《おれ》は独《ひと》り言《ごと》が超多《ちょうおお》いやつだ。「冗談《じょうだん》でも怖《こわ》いわ!!」と突《つ》っ込《こ》む俺《おれ》に、みっくんは「ま〜お金《かね》のイメージなんだろうけど……」と考《かんが》え込《こ》む。

「さっきの子《こ》だけじゃなくて、子《こ》どもがお金《かね》のことを考《かんが》えるのを、嫌《いや》がる感《かん》じって世《よ》の中《なか》にあるよね？ けど、大人《おとな》になって初《はじ》めてお金《かね》のことを考《かんが》えるんじゃ、遅《おそ》すぎるんじゃない？」

言《い》うと、みっくんは足《あし》を止《と》めた。

そこは、俺《おれ》らが初《はじ》めて出会《であ》った空《あ》き地《ち》だった。

角《かど》の茂《しげ》みに「ほこら」があって、そこにみっくんはいたんだ。見《み》ると空《あ》き地《ち》には、いつの間《ま》にかロープが張《は》られていた。何《なに》か建《た》つのかな？ 最近《さいきん》、このへん家《いえ》増《ふ》えてきたし……と考《かんが》えてると、みっくんが「この土地《とち》も、結局《けっきょく》お金《かね》だ」と、つぶやいた。

「え？」と聞《き》き返《かえ》す俺《おれ》に、みっくんは答《こた》えず、代《か》わりに「誰《だれ》だってお金《かね》と無縁《むえん》じゃない」と続《つづ》ける。

「なら、子《こ》どものときから考《かんが》えるべきだよ」

「だよな？　あ〜なんか思《おも》い出《だ》したら、また腹立《はらた》ってきた。あいつ今度《こんど》、ドッジボールで速《はや》い球《たま》ぶつけてやる」

「いいよ、ヒナタはそんなことしなくて。でも……」

でも？　まさか呪《のろ》う気《き》か？　あいつそこまで悪《わる》いやつじゃねーぞ？

俺《おれ》が慌《あわ》てて止《と》めようとすると、みっくんは「でも、その気持《きも》ちはうれしい!!」と急《きゅう》に抱《だ》きついてきて……バランスを崩《くず》して倒《たお》れる俺《おれ》。どんと派手《はで》に尻《しり》もち。

「いてーよ!!」

「だって、うれしんだもん♥」と笑顔《えがお》のみっくんに、つられて俺《おれ》も笑《わら》う。

だけど……。

そのとき、俺《おれ》は気《き》づいてなかった
みっくんの言葉《ことば》の、本当《ほんとう》の意味《いみ》に

俺《おれ》がそれに気《き》づいたのは……

ずっとずっと後《あと》になってからだった

（つづく）

早起《はやお》きは三文《さんもん》の得《とく》

マナの除霊《じょれい》

ヒナタの朝《あさ》

みっくんの夜《よる》

この物語《ものがたり》は2023年《ねん》10月《がつ》から2024年《ねん》10月《がつ》まで毎《まい》日小学生新聞《にちしょうがくせいしんぶん》で連載《れんさい》された『俺《おれ》のマネースキルが爆上《ばくあ》げな件《けん》』に加《か》筆修正《ひっしゅうせい》しました。

作《さく》 ないとーえみ

福岡県生《ふくおかけんう》まれ。趣味《しゅみ》は「惰眠《だみん》（なまけて寝《ね》ること）」。
他《ほか》に『転生魔王《てんせいまおう》のネット戦略《せんりゃく》１』（JTBパブリッシング）がある。

絵《え》 知己夕子《ちきゆうこ》

福岡県生《ふくおかけんう》まれ。着付師《きつけし》もやっていた和服好《わふくず》き。
お金《かね》の勉強《べんきょう》は小《ちい》さいときからやって損《そん》はないと思《おも》う大人《おとな》になりました。

2巻《かん》予《よ》告《こく》

俺《おれ》のマネースキルが爆上《ばくあ》げな件《けん》2

投資《とうし》の基本《きほん》、お金《かね》をめぐる社会《しゃかい》の変化《へんか》……みっくんのおかげで、ますますお金《かね》との賢《かしこ》い付《つ》き合《あ》い方《かた》に詳《くわ》しくなるヒナタ。みっくんはといえば相変《あいか》わらず「おにわ童子《どうじ》」推《お》しで、マナとケンカばかり。そんな二人《ふたり》の日常《にちじょう》に、ある日大《ひおお》きな変化《へんか》が……どうするヒナタ!? どうなるみっくん!?

◎2025年《ねん》1月発売予定《がつはつばいよてい》

俺《おれ》のマネースキルが爆上《ばくあ》げな件《けん》1

2024年《ねん》11月《がつ》15日《にち》　初版印刷《しょはんいんさつ》
2024年《ねん》12月《がつ》1日《ついたち》　初版発行《しょはんはっこう》

作《さく》　ないとーえみ
絵《え》　知己夕子《ちきゆうこ》

編集人《へんしゅうにん》　長岡平助《ながおかへいすけ》
発行人《はっこうにん》　盛崎宏行《もりさきひろゆき》
発行所《はっこうじょ》　JTB パブリッシング
〒135-8165
東京都《とうきょうと》江東区《こうとうく》豊洲《とよす》5-6-36
豊洲《とよす》プライムスクエア 11 階《かい》

装丁《そうてい》・デザイン　おおうちおさむ（ナノナノグラフィックス）
山田彩純《やまだあすみ》（ナノナノグラフィックス ）
印刷《いんさつ》　TOPPAN クロレ

編集内容《へんしゅうないよう》や、商品《しょうひん》の乱丁《らんちょう》・落丁《らくちょう》のお問合《といあわ》せはこちら
https://jtbpublishing.co.jp/contact/service/

ISBN 978-4-533-16279-4　C8393　244689　710010